KB114200

내 손끝의
탑스타

내 손끝의 탑스타 6

박콜 장편소설

초판 1쇄 찍은 날 § 2018년 3월 8일
초판 1쇄 펴낸 날 § 2018년 3월 15일

지은이 § 박콜
펴낸이 § 서경석

총괄팀장 § 최하나
편집책임 § 신보라
편집 § 이지연
디자인 § 신현아

펴낸곳 § 도서출판 청어람
등록번호 § 제387-1999-000006호
등록일자 § 1999. 5. 31
어람번호 § 제1-2862호

주소 § 경기도 부천시 부일로 483번길 40 서경B/D 3F (우) 14640
전화 § 032-656-4452 팩스 § 032-656-4453
http://www.chungeoram.com
E-mail § chungeorambook@daum.net

ISBN 979-11-04-91673-1 04810
ISBN 979-11-04-91513-0 (세트)

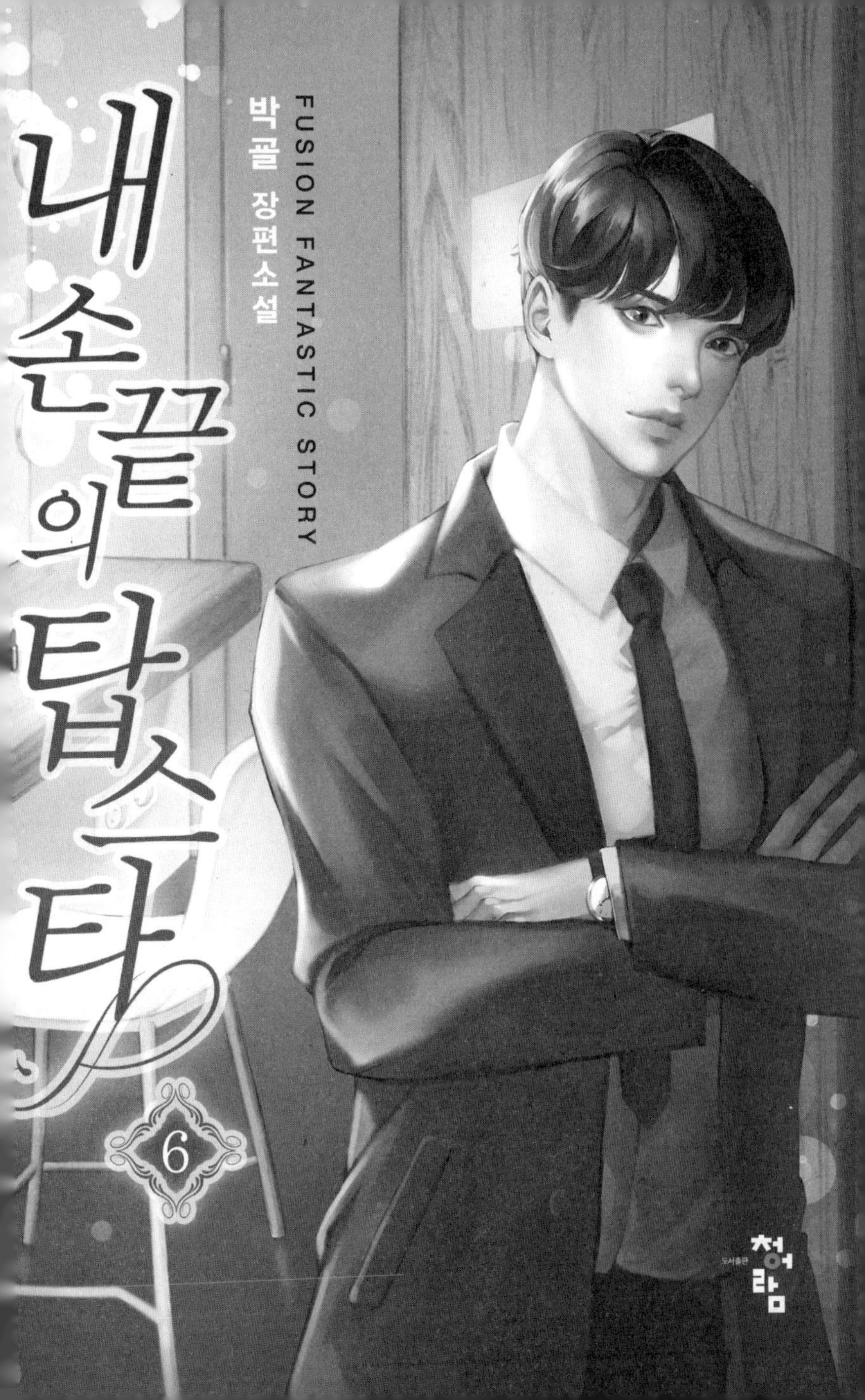
내 손끝의 탑스타
박골 장편소설
FUSION FANTASTIC STORY
6
도서출판 청어람

Contents

1장

해피 투게더 II

[KBN1 다큐 '희망' 송지유 깜짝 출연!]

['희망' 평균 시청률 3%를 넘어 최고 시청률 8.5% 기록!]

[국민 소녀의 위엄? 모금액만 무려 5억!]

    송지유의 다큐 '희망' 출연은 많은 이야깃거리를 쏟아내었다. 포털 사이트로 많은 기사가 올라왔고, 주요 커뮤니티에서도 끝없이 회자되었다.

    지금까지 송지유가 출연한 프로그램 중에 화제가 되지 않은 프로그램이 없었지만, 이번 출연은 시청자들로 하여금 많은 생각을 하게 만들었다.

국민 소녀라 불리는 송지유의 파급력에 백선혜라는 밝고 꿋꿋한 소녀의 사연이 합쳐져 불우한 이웃에 대한 관심이 들끓어올랐다. 부족한 복지 제도와 불우 이웃에 대한 무관심한 기사들이 사회면으로 속속 올라왔다.

여론은 점점 커져갔다. 서울시를 넘어 정부에서도 효율적인 복지 제도에 대해 재검토에 들어갈 것이라는 브리핑까지 할 정도였다.

이렇듯 현우와 송지유가 출연을 선택한 작은 교양 프로그램은 나비효과를 불러일으키고 있었다. 연예인들의 기부나 사회 활동에 대해서 그간 진지하게 생각해 본 적이 없는 현우였다. 하지만 이번 다큐 '희망' 출연을 계기로 많은 생각을 하게 되었다.

송지유가 가지고 있는 파급력에 대해서 깨닫게 되었고, 연예 기획사의 대표로서 앞으로 어떻게 대중으로부터 받고 있는 사랑을 보답해야 할지 조금은 알 것 같았다.

문득 백미러를 통해 송지유의 모습이 보였다. 무슨 생각이 그리 많은지 송지유는 말없이 창문을 응시하고 있었다.

'장난 좀 쳐볼까.'

현우가 뒷좌석 쪽 창문을 내렸다. 가을바람이 스르르 들어와 송지유의 머리카락이 흩날렸다. 창밖을 내다보고 있던 송지유가 얼굴을 찌푸렸다.

"심심해요?"

"응. 네가 조용하니까 심심해. 무슨 생각이 그렇게 많아?"

"선혜랑 선호가 걱정이에요."

"괜찮아질 거야. 시간이 지나면 점점 사람들 관심도 줄어들 거고."

다큐 '희망' 방송 후 모든 일이 술술 풀리기만 한 것은 아니었다. 송지유와 인연이 깊다는 이유 때문에, 그리고 백선혜의 귀여운 외모와 밝고 명랑한 성격 때문에 대중의 관심이 지나치게 쏠려 있었다.

물론 따뜻한 관심은 고마웠다. 하지만 과유불급이라는 말이 있듯이 조금씩 그 도를 넘는 사람들도 나타나기 시작했다. 집을 찾아와서 아이들을 만나려 하는 사람들도 있었고, 학교로 찾아오는 사람들도 있었다.

송지유는 과도한 관심이 두 남매에게 혹시나 상처가 되지는 않을지 그것을 걱정하고 있었다.

"착한 아이들이잖아. 네가 염려하는 일은 절대 없을 거야. 그리고 또 이렇게 애프터서비스를 하러 가고 있잖아. 안 그래?"

"그럴까요?"

"당연하지. 그럴 일은 없겠지만 아이들이 힘들어하면 내가

다 생각이 있지."

"오빠……."

송지유의 말끝이 늘어졌다.

"뭘 새삼스럽게 고마워하냐."

현우가 픽 웃으며 말했다. 송지유도 백미러로 현우를 보고 있었다.

"항상 고마워요."

"그래, 알아주니 나도 고맙다."

초록색 밴이 종로구에 위치한 임대 아파트 단지에서 멈추었다. 백선혜와 백선호 남매가 이미 마중을 나와 있었다.

"삼촌!"

백선호가 달려와 현우의 허리춤을 껴안았다. 처음에는 송지유만 따르더니 이제는 현우도 잘 따르는 백선호였다. 백선혜는 이미 송지유 옆에 착 달라붙어 있었다.

"집에 있지 뭐 하러 나왔어?"

"선호가 삼촌이랑 지유 언니 빨리 보고 싶다고 해서 나와 있었어요."

"그렇게까지 기다렸어? 이거 고마운데?"

현우가 씩 웃었다.

도어락을 열고 아파트 안으로 들어갔다. 16평의 방 두 개짜리 아파트였다. 지어진 지 몇 년 되지 않아 내부도 깨끗했다.

두 남매가 살기에 전혀 부족함이 없어 보였다.

침대나 책상, 옷장 같은 살림도 채워져 있었다. 얼굴천재지유 박 팀장의 인테리어 회사에서 후원해 주었다. TV나 냉장고, 세탁기 같은 고가의 가전제품은 송지유가 직접 후원해 주었다.

현우와 송지유는 꼼꼼하게 집 안을 살폈다. 백선혜는 살림도 곧잘 했다. 그래서 딱히 걱정할 게 없었다.

거실 테이블을 사이에 두고 두 남매와 마주 앉았다.

송지유가 통장 하나를 내밀었다.

"언니?"

백선혜의 눈동자가 흔들렸다.

"내 이름으로 된 통장이야. 매달 약속한 후원금이 들어갈 거야. 선혜가 고등학교를 졸업하면 선혜 통장으로 다시 만들어줄게. 그동안은 언니 통장을 쓰도록 해."

백선혜가 고개를 푹 숙였다. 작은 어깨가 조금씩 들썩였다.

"계속 받기만 해서 언니한테 너무 죄송해요……."

"미안해할 것 없어. 대신 선호랑 공부 열심히 하고 꼭 성공해. 그래서 우리 회사에 취직도 하고."

"네, 꼭 그럴 거예요."

"이리 와."

송지유가 양팔을 벌렸다. 백선혜와 백선호가 송지유의 품으로 안겼다. 현우는 그 모습에 코끝이 찡했다.

송지유의 어머니가 살아 계신다면 저렇게 따듯한 모습이 아닐까 하는 생각이 들었다.

"자주자주 찾아올게. 그리고 방학 때 우리 어울림에서 아르바이트해라, 선혜야."

현우가 생각해 두고 있던 것을 입 밖으로 꺼냈다.

"아, 아르바이트요, 삼촌?"

"은정이 조수 어때? 은정이 밑에서 일하다 보면 많이 배울 수 있을 거야."

"정말요? 감사합니다, 삼촌!"

백선혜가 환하게 웃으며 기뻐했다. 미래의 송지유 스타일리스트를 꿈꾸는 아이이다. 그리고 그 열정만큼이나 재능도 있어 보였다. 백선혜가 추천해 준 송지유의 새로운 헤어스타일은 벌써 여성 커뮤니티에서도 큰 화제가 되고 있었다. 정식 명칭은 히메 컷이지만 요즘은 지유 컷이라고 불릴 정도였다.

그래서 현우는 백선혜에게 꿈을 미리 체험해 볼 기회를 주고 싶었다.

두 남매의 집에서 밥을 먹고 더 이야기를 나눈 다음 현우와 송지유는 남매와 헤어졌다.

"삼촌, 선호 만나러 또 와!"

"지유 언니, 삼촌, 감사합니다!"

아파트 단지를 벗어나고 있는 초록색 밴을 향해 남매는 계속 손을 흔들었다. 송지유도 창밖으로 머리를 내밀며 손을 흔들어주었다.

"다다음주에 또 놀러 올게!"

＊　　　＊　　　＊

15인승 승합차 스프린터가 청담동 뒷골목으로 들어섰다. 골목이 좁아 아슬아슬했지만 최영진은 능숙하게 골목에서 승합차를 몰았다.

"우와! 영진 오빠 최고!"

"최고! 최고!"

"스릴 만점! 백점!"

멤버들은 신이 나 있었다. 13명이나 되다 보니 승합차 안은 그야말로 북새통이었다. 현우와 최영진은 쓴웃음을 지었다.

미리 예약해 놓은 몽마르트 뷰티숍 주차장에 승합차를 주차했다. 현우와 최영진이 먼저 승합차에서 내렸다.

뷰티숍 여직원들이 마중을 나와 있었다. 그리고 현우를 보곤 호들갑을 떨었다. 뒤이어 내린 김은정이 현우에게 속삭였다.

"인기 많네요, 오빠."

"인기는 무슨."

현우가 피식 웃었다. 그리고 승합차에서 멤버들이 하나둘 내렸다. 뷰티숍 직원들이 바빠졌다.

멤버들을 데리고 뷰티숍 안으로 들어갔다.

멤버들을 최영진에게 맡기고 현우는 김은정과 함께 젊은 여자 원장을 만났다.

김은정이 에코백에서 두툼한 파일을 꺼내 테이블에 깔았다. 콘셉트 회의를 통해 멤버들에게 알맞은 메이크업과 헤어스타일을 샘플로 뽑아 온 것이다.

"한번 보시겠어요?"

김은정이 파일을 펼쳤다. 멤버들에 따라 메이크업 방법과 헤어스타일이 상세하게 스케치되어 있었다.

"이걸 다 은정 씨가 직접 구상하신 건가요?"

여자 원장이 질린다는 표정을 했다. 전문가인 자신이 보기에도 군더더기가 없었다. 김은정이 고개를 저었다.

"아니에요, 원장님. 다른 기획사 스타일리스트 언니들이랑 회의도 많이 했어요. 헤헤."

"미적 감각이 좋으세요. 학교 졸업하면 저희 몽마르트에 취직하세요. 경력직으로 어때요?"

그냥 하는 말이 아니었다. 현우가 곤란하단 표정을 지었다.

"죄송한데 저희 어울림 스타일리스트 실장으로 제가 이미

찜했습니다, 원장님."

"호호, 죄송해요. 제가 마음이 급했죠? 근데 대표님은 여자 친구 있으세요?"

"네?"

뜬금없는 질문이었다. 현우가 입을 떼기도 전에 김은정이 나섰다.

"저희 대표님은 소속사 연예인들이랑 결혼했다는 마인드세 요, 원장님."

김은정이 눈웃음을 흘리며 실드를 쳤다. 여자 원장이 호호 웃었다.

"아무튼 우리 아이들 잘 부탁드립니다."

"그 점은 걱정 마세요. 그런데 지유 씨는 다니는 숍이 따로 있으신가요?"

"음, 아직은 없습니다."

현우의 말에 여자 원장이 반색했다.

연예인들이 자주 찾는 청담동 뷰티숍들은 서로 간에 치열 한 경쟁의식을 갖고 있었다.

어느 연예인이 어느 뷰티숍을 찾느냐에 따라 그 뷰티숍의 위상이 결정되곤 했다.

"제 명함이에요. 지유 씨한테 전해주실 수 있으신가요, 대 표님?"

"네, 그러죠."

"감사합니다. 감사의 의미로 오늘은 제가 직접 나서야겠네요."

여자 원장이 미용 장비를 챙겼다.

멤버들이 새로운 헤어스타일로 변신하는 동안 현우는 최영진과 함께 소파에 앉아 있었다. 지루할 법도 했지만 매니저라는 직업의 특성상 현우와 최영진은 차분히 멤버들을 기다렸다.

한 시간, 두 시간, 그리고 일곱 시간이 흘렀다.

그리고 첫 타자로 프리즘의 전유지와 양시시가 모습을 드러냈다. 전유지는 열여섯 살 막내답게 전체적으로 귀여운 느낌이 나는 C컬 웨이브 스타일에 머리띠를 했다.

중국 출신 양시시는 일자 형태의 뱅 앞머리에 기다란 생머리로 살짝 웨이브를 넣었다. 그리고 리본으로 생머리를 반 정도 묶어놓았다. 차분한 중국 소녀 느낌이 물씬 풍겼다.

"오케이!"

현우의 합격 사인에 전유지와 양시시가 하이파이브를 했다.

뒤이어 사바나의 유은이 등장했다. 긴 생머리인 유은은 파격적으로 변신했다. 살짝 턱을 가리는 A라인 보브 컷에 금발로 탈색까지 했다. 시크하고 중성적인 느낌이 물씬 났다.

"오케이! 다음!"

유은에 이어 개인 연습생 출신 김세희와 베트남 출신 하잉이 손을 잡고 나타났다. 가냘픈 체구의 김세희는 허리까지 내려오는 기다란 생머리를 그대로 살려 최대한 자연스러움을 연출했고 오렌지브라운으로 염색했다.

프랑스 혼혈이라 이국적인 외모를 가지고 있는 하잉은 기다란 생머리가 S자로 굽이굽이 휘어지는 SS컬 펌으로 세련됨을 강조했다.

"세희랑 하잉도 오케이! 다음!"

김세희와 하잉이 소파로 가서 앉았다. 다음 타자로 서아라가 모습을 드러냈는데 뭐가 그리 부끄러운지 이리저리 몸을 꼬고 있다.

현우는 기획사 대표의 시선으로 서아라를 살폈다. 기다란 생머리에 굵직굵직한 웨이브가 들어가 있는 글램 펌으로 변신했다. 여배우상에 이마를 훤히 드러내자 이목구비가 더욱 또렷해졌다. 성숙한 느낌이 물씬 풍겼다.

센터 후보라고 평가받는 멤버다웠다.

"어떠세요?"

"좋아. 다음."

서아라가 유은의 품에 안겼다. 파인애플 뮤직 소속의 차보미와 권예슬이 다음 타자로 걸어 나왔다.

이슬과 함께 거북파로 불리는 차보미였다. 차보미는 본래 단발머리였다. 그 헤어스타일을 최대한 살렸다. 끝이 살짝 휘어지는 C컬 펌으로 변신했다.

얼굴이 작은 권예슬은 장점을 살려 부스스한 느낌이 살짝 나는 퍼지 펌을 선택했는데 꼭 집시 아가씨 같은 느낌이 났다.

"보미랑 예슬이도 좋다. 다음."

현우는 슬슬 눈이 어지러워졌다. 최영진은 이미 평가를 포기한 상태였다. 보통 남자들이 보기에 여자들의 헤어스타일은 딱 세 가지였다. 긴 머리, 중간 머리, 짧은 머리.

"짠!"

이지수와 배하나가 동시에 등장했다. 현우는 숨을 고르고 아이들을 살펴보았다. 배하나는 풍성한 느낌에 굵직굵직한 웨이브를 넣은 레이어드 웨이브 펌으로 대변신을 했다. 프아돌 데뷔 멤버의 비주얼 멤버답게 여신 같은 느낌이 났다.

"하나랑 아라랑 같이 서볼래?"

현우의 말에 배하나와 서아라가 나란히 섰다. 걸 그룹 느낌보다는 어린 여배우를 보는 것 같은 느낌이 물씬 풍겼다.

'더블 센터로 배치하면 이목은 확실히 끌겠네.'

만족스러웠다.

이번에는 이지수를 살펴보았다. 유은처럼 이지수도 밝은 금발로 탈색을 했다. 굵직한 웨이브를 넣은 긴 머리를 위로 올려 묶고 아래로 길게 내려뜨렸다. 포니테일 스타일이 이지수와 상당히 잘 어울렸다. 그리고 붉은색 리본으로 머리를 묶어 포인트를 주었다.

"하나도 잘 어울린다."

이지수가 현우를 따라 하며 멤버들에게 가려 했지만 현우의 팔이 앞을 가로막았다.

"안 돼. 돌아가."

"아! 왜요?"

이지수가 투덜대며 다시 거울 앞으로 섰다. 현우가 피식 웃으며 말했다.

"지수도 오케이! 다음."

커튼이 열리고 호빵 자매라 불리는 김수정과 유지연이 손을 잡고 나왔다.

"음……."

유지연은 요즘 지유 컷이라 불리며 인기를 끌고 있는 히메컷을 했다. 본인의 강력한 의지에 따른 헤어스타일 변신이었다. 김수정은 시스루 뱅 스타일로 헤어스타일을 바꿨는데 귀여운 인상과 잘 어울렸다.

"수정이랑 지연이도 좋아. 다음."

이솔이 커튼 사이로 고개를 내밀다 앞으로 고꾸라졌다. 이지수와 배하나가 서둘러 이솔을 일으켰다.

"이솔 처리반, 작업 완료했습니다, 대표님!"

"수고했어."

요즘 둘이서 한참 밀고 있는 개그 코드가 이슬 처리반이라는 것이다. 이슬이 워낙 잘 넘어지고 어리숙하다 보니 두 멤버가 자칭 이슬 처리반이라 칭하며 이슬을 챙기고 있었다.

"호오!"

절로 감탄이 나왔다. 앞머리를 짧게 잘라 일자로 내린 처피 뱅 스타일이었는데 이슬과 잘 어울렸다. 이슬의 장점인 깜찍함과 귀여움이 빛을 발했다. 일본 팬들과 국내 팬들이 어떤 반응을 보일지 벌써부터 기대가 될 정도였다.

"솔이도 좋고."

이슬이 쪼르르 뛰어가 멤버들과 합류했다.

뒤이어 김은정이 뷰티숍 직원들과 함께 의상 더미를 안고 등장했다. 김은정과 다른 기획사 소속 스타일리스트들이 힘을 합쳐 완성해 낸 무대의상 최종 완성판이었다.

저번 콘셉트 회의 때 김은정이 발표한 무대의상은 두 가지 스타일이었다. 레트로풍의 스트리트 패션 스타일, 그리고 교복 스타일의 무대의상, 즉 스쿨룩이었다.

김은정과 뷰티숍 직원들이 멤버들을 데리고 다시 커튼 뒤로 사라졌다. 30분 후 멤버들이 모습을 드러내었다. 스트리트 패션 차림을 한 13명의 멤버들이 일렬로 늘어섰다.

"흐음."

현우는 진지한 얼굴로 무대의상 1안을 살펴보았다. 흠잡을 데가 없었다. 더블 타이틀곡인 '소녀K 매직'과 잘 어울렸다.

멤버들이 다시 우르르 커튼 뒤로 사라졌다가 이번에는 무대의상 2안을 입고 나타났다. 각자 다니고 있는 학교 교복을 무대의상으로 개조한 스쿨룩이었다. 교복들이 다 달라 확 시선이 갔다. 그리고 멤버마다 상징적인 디자인을 넣어 개성을 살렸다.

오른팔에 선도부 마크를 달고 있는 유은은 짧은 금발 스타일까지 더해져 소녀들이 동경할 만한 선배 느낌이 물씬 났다.

그리고 저번 기획 회의 때와는 다르게 추가된 것이 하나 있었다. 프아돌 무대의상의 상징이 되었던 김은정과 송지유의 걸작, 어깨 견장이 새롭게 부활한 것이다. 멤버들의 왼쪽 어깨에 은색 견장이 달려 있었다.

이솔은 프아돌 무대의상 때 사용한 황금색 견장을 양쪽으로 달고 있었다.

"솔이만 견장이 조금 다른데?"

현우가 의문 어린 표정으로 김은정을 쳐다보았다.

"솔이가 센터잖아요. 이건 센터 특권이에요."

김은정이 짤막하게 말했다. 다른 멤버들도 당연하다는 표정으로 이솔을 인정해 주고 있었다.

*　　　*　　　*

어울림 엔터테인먼트 지하 1층 연습실로 '프로듀스 아이돌 121'의 주역들이 모두 모여 있다. 화기애애한 분위기 속에서 왠지 모를 긴장감이 흐르고 있다.

정식 데뷔에 앞서 오늘 어울림에서 데뷔 평가가 기다리고 있었다. 연습실 문이 열리고 현우와 손태명, 최영진, 오승석 등 어울림 식구들이 모습을 드러내었다. 프아돌 제작진과 기획사 관계자들, 그리고 작곡가들이 박수로 현우와 어울림 식구들을 맞아주었다.

"김현우입니다. 다들 잘 지내셨죠? 다들 궁금해 죽을 것 같은 표정들을 하고 계시니까 1절만 하겠습니다. 데뷔 멤버의 데뷔 준비가 모두 끝이 났습니다. 곡, 안무, 의상, 일정까지 다 준비되었습니다. 아직 그룹명이 정해지지는 않았지만 말이죠. 뭐, 일단 보시죠."

현우가 송지유의 옆으로 앉았다. 연습실 불이 꺼졌다. 그리고 교복 무대의상을 입은 13명의 소녀가 연습실로 들어섰다.

연습실 불이 켜지며 13명의 소녀가 V 자 대형을 잡았다. 첫 곡은 프아돌 최고의 히트곡 '소녀는 무대 위에'였다.

연습실 조명이 켜지며 이솔이 숙이고 있던 고개를 들어 정면을 응시했다. 그 모습에 기획사 관계자 몇 명이 탄성을 터뜨렸다. 비주얼 멤버 배하나와 서아라가 이솔의 좌우에 서서 시선을 확 끌었다.

웅장한 리얼 스트링이 연습실로 울려 퍼졌다.

V 자 대형을 유지하고 있던 멤버들이 한 치의 오차도 없이 일렬로 합쳐졌다.

그리고 다시 V 자 대형으로 펼쳐지자 기획사 관계자들이 또다시 탄성을 질렀다.

프아돌 오리지널곡 경연 무대 때보다 더욱 고난이도의 안무가 펼쳐졌다.

통통 스텝을 밟는 속도가 경연 때보다 빨랐다. 그러면서도 여성적인 느낌과 군무는 한 치의 오차도 없었다.

'소녀는 무대 위에' 곡 자체도 오승석이 편곡하여 걸리쉬적인 느낌이 더욱 진해져 있었다.

첫 곡 '소녀는 무대 위에'의 무대가 끝나자 박수가 쏟아졌다.

그리고 곧바로 더블 타이틀곡인 '소녀K 매직'의 무대가 펼쳐졌다.

'소녀K 매직'의 전주가 시작되었다. 일렉트로니카 사운드와 오승석 특유의 신스팝 사운드가 연습실로 울려 퍼졌다. 그리고 소녀다운 발랄함과 통통 튀는 느낌의 레트로풍 사운드까지 합쳐졌다. 세 가지 사운드가 조화를 이루어 연습실로 몰아쳤다.

일자 대형을 잡고 있던 멤버들이 V 자 대형으로 펼쳐짐과 동시에 허공으로 점프를 하며 사뿐 바닥에 착지했다. 마치 발레의 한 장면을 보는 것 같은 고난이도 안무에 다들 입을 떡 벌렸다.

보고 싶어 매일매일
보고 싶어 매일매일
자꾸 보고 싶어 매일매일
바보처럼 너의 주월 맴돌아
진짜 바보 같아
can't stop 매일 너만 생각해
네가 나를 보고 있어
주문을 걸어 소녀K 매직
조금씩 주문을 걸어
멈출 수가 없잖아

계속해서 엄청난 고난이도의 안무가 펼쳐졌다. 끝없이 대형이 변했다.

빠르게 스텝을 밟으면서도 상체와 팔, 손 등 춤을 출 수 있는 모든 부위가 활용되었다.

분홍색 줄넘기 줄이 펼쳐졌다. 멤버들이 각자 다른 안무를 소화하며 한 명씩 순서대로 줄넘기를 했다.

마지막으로 센터 이솔이 걱정 어린 표정 연기를 하며 줄을 넘다 앞으로 철퍼덕 넘어지는 안무를 펼쳤다. 배하나와 서아라가 이솔의 양손을 잡고 허공으로 띄웠다.

허공에서 한 바퀴를 돈 이솔이 피겨의 한 장면처럼 사르륵 착지하며 윙크와 동시에 V 자를 그렸다.

한 치의 오차도 없는 안무에 박수가 쏟아졌다. 신스팝 사운드의 후렴구가 나오자 멤버마다 복고 스타일의 개인 안무를 소화했다.

듣고 싶어 매일매일
듣고 싶어 매일매일
자꾸 듣고 싶어 매일매일
바보처럼 너의 목소리만 들려
진짜 바보 같아
can't stop 매일 듣고 싶어
네가 내 말을 듣고 있어
주문을 걸어 소녀K 매직
조금씩 주문을 걸어
멈출 수가 없잖아
점점 더 멈출 수가 없잖아

분홍색 줄넘기 줄이 다이아몬드 형태로 교차되었고, 멤버들이 스텝을 밟으며 한 손으로 안무를 펼쳤다. 그러다 멤버들이 턴을 하며 줄넘기 줄과 함께 스르륵 일자로 펼쳐졌다. 멤버들이 줄넘기 줄을 넘었다.

이번에는 메인 댄서인 이지수가 마지막으로 발레의 한 동작인 그랑 제뜨로 우아하게 줄넘기 줄을 넘었다. 그리고 윙크와 함께 V 자를 그린 이솔과 다르게 깜찍한 표정으로 살짝 혀를 내밀며 옆으로 빠졌다.

멤버들이 서로의 손을 잡고 V 자 대형으로 돌아오며 곡이 끝이 났다. 고난이도 안무를 끝없이 소화해야 했던 멤버들이 숨을 몰아쉬며 반응을 살폈다.

지하 1층 연습실이 잠시 정적에 휩싸였다. 3분 30초가 30초처럼 느껴질 정도로 곡과 안무의 흡입력이 엄청났다.

짝짝짝!

연습실에 모인 관계자들이 박수를 쳤다. 멤버들이 활짝 웃으며 감사하다며 고개를 숙였다.

정상급 걸 그룹이자 한류 돌풍의 주역인 뷰티가 소속되어 있는 파인애플 뮤직의 이진원 팀장은 등으로 소름이 돋는 것을 느꼈다.

퀄리티가 높은 만큼 곡 자체의 속도감이 엄청났다. 그런데

곡의 속도에 맞추어 안무를 펼쳤다. 대한민국에서 이 정도의 곡과 안무를 소화할 수 있는 걸 그룹은 이진원이 생각하기에 존재하지 않았다.

'뷰티 애들이 이걸 소화할 수 있을까?'

이진원은 홀로 고개를 저었다. 메인 댄서들은 몰라도 보컬 파트를 맡고 있는 멤버들은 소화가 어려운 안무였다. 딱 한 번 이 무대를 소화하고 그다음부터는 어떤 곡도 불가능했다.

"그 스텝 안무를 뭐라고 하는 겁니까? 현란한데요?"

이진원이 궁금함을 이기지 못하고 질문했다. 줄넘기 줄 안무와 발레, 피겨를 응용한 안무도 돋보였지만, 시작부터 끝까지 멤버들이 계속해서 일정한 형태의 스텝을 밟으며 대형을 바꿨다.

릴리가 현우로부터 마이크를 건네받았다.

"혹시 땅따먹기 기억하세요?"

릴리의 설명에 관계자들이 탄성을 질렀다. 손쉽게 이해가 되었다.

지하 1층 연습장에 모인 프아돌 제작진과 기획사 관계자들은 흥분 상태였다. 큰 기대를 하긴 했지만 그 기대보다 더 큰 결과가 눈앞에 펼쳐졌다.

그리고 모두가 곧 데뷔할 프아돌 데뷔 멤버들이 가요계에 지각 변동을 일으킬 것이라는 것을 직감했다.

한때 S&H와 양대 산맥을 이루던 파인애플 뮤직의 관계자들은 벌써 위기의식까지 느낄 정도였다.

＊　　　＊　　　＊

데뷔 멤버들이 비어 있는 자리로 가서 앉자 다시 회의가 이어졌다.

현우가 마이크를 잡았다.

"조금 전에 말씀을 드렸다시피 아직 그룹명이 정해지지 않았습니다. 생각보다 그룹명을 짓는 게 보통 일이 아니네요. 여러분 중에 좋은 의견이 있으시다면 들어보고 싶습니다."

기대와 달리 좀처럼 의견이 나오지 않았다. 플래시즈 엔터의 이기혁 실장이나 파인애플 뮤직의 이진원 팀장, 코인 엔터의 백동원 팀장, 그리고 TOP 엔터의 박재영 기획실장도 난감해하는 기색이었다.

"흐음."

현우가 오승석과 블루마운틴, 제이슨 리 등의 작곡가들에게 시선을 옮겼다.

"미안, 김 대표. 어렵네."

블루마운틴이 미안해하는 표정을 지었다. 다른 작곡가들 역시 마땅한 아이디어가 없는 것 같았다.

그런데 데뷔 멤버들이 서로 수군거리며 이야기를 나누고 있었다. 현우의 시선이 이번에는 데뷔 멤버들에게 향했다.

"혹시 좋은 생각들 있어, 얘들아?"

멤버들이 현우를 보며 배시시 웃었다. 확실히 멤버들에게 아이디어가 있는 것 같았다. 유은을 중심으로 멤버들이 손가락으로 이솔을 가리켰다.

그리고 배하나가 말했다.

"대표님, 우리 센터가 할 말 있대요!"

"오케이! 솔아, 말해봐."

이솔이 배시시 웃다가 입을 열었다.

"i2i 어떠세요?"

"아이 투 아이? 영어로?"

"아니요. 영어 알파벳 i랑 숫자 2, 그리고 또 알파벳 i를 합친 거예요."

"i2i?"

"네!"

멤버들이 한목소리로 대답했다.

"뭔가 의미가 있는 것 같은데? 솔이가 나와서 직접 설명해 줄래?"

이솔이 현우의 옆으로 섰다. 그리고 작은 손으로 마이크를 쥐었다. 관계자들의 시선이 쏟아지는데도 이솔은 주눅 들지 않았다.

"프로듀스 아이돌에 출연한 연습생의 숫자가 121명이었잖아요. 첫 i는 저희 13명을 의미해요. 숫자 2는 저희랑 다른 연습생 친구들이 영원히 함께 둘이라는 걸 뜻해요. 뒤에 숫자 i는 연습생 친구들을 말하는 거예요."

"훌륭한데?"

절로 고개가 끄덕여졌다. 이솔의 설명을 들은 다른 관계자들도 만족스러워하는 눈치였다. 특히 이승훈 피디와 이진이 작가는 멤버들이 정한 그룹명에 감격스러워했다.

현우도 이솔과 멤버들이 정한 그룹명이 마음에 쏙 들었다. 데뷔 멤버들이 탈락한 연습생들을 아직도 기억해 주고 있다는 것이 대견스러웠고, 또 '프로듀스 아이돌 121'의 프로그램 명칭을 연상시킨다는 점도 훌륭했다.

"솔이, 수고했다."

이솔로부터 마이크를 건네받았다.

"그럼 그룹명은 아이들의 의견을 고려하여 i2i로 정하겠습니다. 혹시 다른 의견 있으십니까?"

"좋습니다!"

코인 엔터의 백동원 팀장을 시작으로 박수가 쏟아졌다. 이솔과 멤버들이 뿌듯한 얼굴로 서로 하이파이브를 했다.

현우도 속이 후련했다. 그동안 미루고 있던 그룹명이 정해졌다.

구체적인 활동 일정은 정해져 있었지만 아직 더 회의를 할 것이 있었다. 언론 홍보와 미디어 홍보, 그리고 뮤직비디오 제작과 관련된 일들이다.

"뮤직비디오 제작은 일본 오키나와에서 해외 로케로 촬영할 계획입니다. 뮤직비디오 제작팀은 파인애플 뮤직의 이진원 팀장님에게 부탁드리겠습니다."

일본에서 활동 중인 뷰티도 있고, 이번 기회에 파인애플 뮤직의 노하우를 배울 생각이다.

"뷰티 뮤비를 찍은 팀을 섭외해 보겠습니다. 근데 페이가 제법 나갑니다. 괜찮겠습니까?"

"예산은 충분합니다. 최대 3억까지 저희 어울림에서 지원하겠습니다."

실장 손태명이 현우 대신 대답했다.

"그렇게나 많이요? 뷰티도 뮤비 찍는 데 1억 선이면 충분합니다만?"

현우가 빙그레 웃으며 다시 입을 열었다.

"어쩔 수가 없는 상황입니다. 대중의 기대치가 어마어마하니까요. 돈 아끼려다 더 큰 걸 놓칠 수도 있습니다. 더블 타이틀로 앨범을 발매하는 만큼 '소녀K 매직'의 뮤직비디오랑 '소녀는 무대 위에' 뮤직비디오도 제작할 겁니다. 멤버마다 개인 티저 영상도 제작할 생각이고요. 아, '소녀K 매직' 경우에는 솔이 버전 말고도 더블 센터 버전도 따로 제작할 생각입니다."

"대표님, 정말이십니까?"

설명대로라면 뮤직비디오 3개에 티저 영상만 13개였다. 이 정도면 기획사 입장에서는 작정을 하고 투자하는 것이다. 그리고 어떻게 보면 과투자라고도 할 수 있을 정도이다.

"뮤비에 그렇게까지 예산을 사용할 필요가 있을까요?"

이진원 팀장이 물었고, 다른 기획사 관계자들도 그의 말에 수긍하는 표정이었다.

"아이돌 자체가 눈으로 보는 가수 아니겠습니까? 그런 의미에서 생각해 본다면 뮤직비디오만큼 중요한 게 없죠. 그리고 데뷔 멤버, 아니, 이제는 i2i군요. i2i에는 외국인 멤버가 둘이나 있습니다. 시시도 있고 하잉도 있죠. 세컨 뮤직비디오 센터는 시시랑 하잉입니다. 그리고 저희 어울림은 지유가 있으니까요. 이 정도 투자는 끄떡없습니다."

이진원 팀장과 다른 기획사 관계자들은 새삼 어울림의 위상을 실감했다.

회사 건물은 작았지만 자금 사정이 튼튼했다. 음원 차트의 절대 강자이자 광고 퀸 송지유가 간판스타로 버티고 있는 이상 어울림 엔터테인먼트는 핸들이 고장 난 8톤 트럭이나 마찬가지였다.

"혹시 중국이나 동남아 쪽 진출도 염두에 두고 계신 겁니까?"

TOP 엔터테인먼트의 젊은 기획실장 박재영이 손을 들고 물어왔다. 미디어 홍보를 맡고 있는 만큼 관심이 갈 수밖에 없었다.

"네, 그렇습니다. 첫 번째 시장은 당연히 국내입니다. 그리고 두 번째로 일본 시장을 공략할 겁니다. 세 번째 시장은 중국, 그리고 동남아 쪽입니다. 실장님이랑 TOP 엔터의 역할이 중요합니다. 일본은 후지 TV의 푸쉬가 있다고 쳐도 중국이랑 동남아 쪽은 불모지나 다름없으니까요."

"그렇군요. 한번 최선을 다해보겠습니다, 대표님."

현우는 박재영 기획실장을 보며 옅게 웃었다. TOP 엔터테인먼트의 배경에 대기업 로데가 있음을 현우는 확신하고 있었다.

저번에 있던 프로모션 행사 때 정아라 팀장이 박재영 기획실장을 잘 알고 있는 눈치였다. 그리고 은근히 현우에게 박재영을 잘 부탁한다는 말까지 했다.

'정아라 팀장도 그렇고 박재영 기획실장도 아무리 봐도 로데 쪽 친인척 느낌이 나.'

어쨌든 대기업을 뒤에 두고 있다면 중국 쪽이나 동남아 쪽 미디어 시장 개척도 그리 어려운 일은 아닐 거라는 판단이 들었다.

"플래시즈 엔터는 뮤비 제작 일정이 잡힘과 동시에 언론 쪽에 대대적으로 기사를 부탁드리겠습니다."

"알겠습니다, 대표님."

이기혁 실장이 자신 있게 대답했다.

＊　　　＊　　　＊

이틀 후 플래시즈 엔터에서 대대적으로 홍보 자료를 뿌렸다. 그리고 포털 사이트로 프아돌 데뷔 멤버 i2i에 대한 기사가 수없이 쏟아졌다.

[프로듀스 아이돌 121' 데뷔 멤버 'i2i'로 본격 데뷔!]
[그룹의 명칭은 'i2i', 탈락한 연습생들까지 함께하겠다!]
[어울림 엔터테인먼트, 또 한 번 사고치나?]
[국민 투표로 뽑은 'i2i', 국민 걸 그룹 예약?]
[i2i, 뮤직비디오 촬영 일정으로 오늘 일본으로 출국!]

기사가 끝도 없이 올라왔다. 그동안 잠잠하던 프아돌 공식 게시판과 주요 커뮤니티로 빠르게 글이 올라왔다.

그리고 인천 국제공항으로 15인승 승합차 스프린터가 모습을 드러내었다.

"형님, 저거 다 기자들이죠?"

운전대를 잡고 있던 최영진이 믿지 못하겠다는 표정으로 물었다. 기자들이 구름 떼처럼 몰려와 진을 치고 있었다.

"은정아, 애들 의상 체크!"

현우도 덩달아 마음이 급해졌다. 생각한 것보다 기자들이 엄청 많았다.

"어떻습니까, 대표님?"

플래시즈 엔터 이기혁 실장이 어깨를 으쓱했다.

"대체 몇 명이나 부르신 겁니까, 실장님?"

"부를 수 있는 만큼 다 불렀습니다. 오늘이 우리 아이들 첫선을 보이는 날 아닙니까? 이 정도는 불러야 체면이 서지 않겠습니까?"

현우는 피식 웃기만 했다. 김은정과 플래시즈 엔터 소속 스타일리스트들이 아이들의 의상과 메이크업을 점검했다.

따로 밴을 몰고 온 코인 엔터의 백동원 팀장이 소속 매니저들과 함께 길을 만들었다. 스프린터가 세워지고 드르륵 문이 열렸다.

찰칵찰칵!

문이 열리자마자 플래시 세례가 쏟아졌다.

"다들 준비됐지?"

"네!"

"그럼 i2i 출격!"

현우의 외침에 이솔을 선두로 멤버들이 우르르 스프린터에서 내렸다. 기자들이 난리가 났다. 서로 좋은 자리를 차지하려 신경전이 벌어졌다.

"공항 패션 중요한 거 알지? 얘들아, 옷 신경 써!"

뒤에서 김은정이 소리쳤다. 나이 대에 맞는 평상복을 입은 멤버들은 누가 봐도 깜찍하고 귀여웠다.

그리고 새로운 헤어스타일로 파격적인 변신을 한 멤버들이다.

기자들조차도 눈을 크게 뜨며 놀라워했다. 플래시 세례가 끝도 없이 쏟아졌다.

멤버들은 한 명씩, 혹은 두세 명씩 포즈를 취해주었다. 이솔과 서아라가 서로 손을 잡고 V 자를 그렸다. 배하나와 이지수는 양손을 잡고 제자리에서 빙빙 돌기까지 했다.

기자들이 웃음을 터뜨리며 사진을 찍어댔다. 멤버들이 공항 사진을 모두 찍고 난 다음 현우가 기자들 앞으로 나섰다.

"일본 오키나와로 뮤직비디오 촬영을 떠난다는데 정말입니까?!"

"네, 그렇습니다. 뮤직비디오는 총 세 편을 찍을 예정이고, 멤버마다 개인 티저 영상을 제작할 겁니다."

"센터는 이솔 양입니까?!"

"그렇습니다. 솔이가 저희 i2i 센터입니다. 하지만 지금 말씀 드리지 못하는 것들도 있습니다. 추후 뮤직비디오를 통해 공개하겠습니다."

"대표님, 정식 데뷔 일은 언제입니까?!"

"뮤직비디오 촬영이 끝나는 대로 최대한 일정을 당겨볼 생각입니다."

"대표님, 지금처럼만 인터뷰해 주시면 어떻게 안 되겠습니까?!"

어느 기자의 말에 웃음바다가 되었다. 현우도 피식 웃었다.

"그렇게 하도록 하겠습니다. 대신 저희 아이들한테 좋은 기사 좀 많이 써주시면 좋겠습니다."

현우의 부드러운 농담에 기자들이 또 웃었다. 뒤쪽에 밀려 있던 여자 기자 한 명이 손을 번쩍 들었다.

"네. 뒤쪽 기자님 말씀하시죠."

"대표님이 마음을 여신다고 하니까 용기를 내서 묻겠습니다! 이번 송지유 정규 1집 '가을'은 공전의 히트를 기록했는데요, 음원 차트 역사상 가장 많은 음원 다운로드를 기록했고, 오프라인 앨범도 34만 장이나 판매되었습니다! 소감 한마디 해주세요!"

기자들이 또 웃었다. 정말 기회를 잘 보고 던진 질문이었다. 이 인터뷰를 따내기만 한다면 돌아가는 발걸음이 상당히 가벼워질 만한 특급 질문이었다.

"음, 먼저 우리 지유 정규 1집을 사랑해 주시는 팬 여러분께 정말 감사의 말씀을 드리고 싶습니다. 상투적인 대답이긴 하지만 진심입니다. 지유도 저랑 똑같은 생각일 겁니다. 그런데 사실 저희 어울림 입장에서는 조금 걱정도 됩니다."

"정규 1집이 예상보다 큰 히트를 했다는 말씀이신가요?"

"네, 그렇습니다. 다음 앨범에 대한 부담이 없다면 거짓말이죠. 하지만 약속드리겠습니다. 지유는 더 발전해서 돌아올 겁니다. 그리고 이제 곧 영화 촬영에 들어갑니다. 지유가 연기는 첫 도전이기에 걱정하시는 분들도 있다는 걸 잘 알고 있습니다. 하지만 잘 해낼 겁니다."

지나가던 사람들이 '갓 지유! 갓 지유'를 외치며 지나갔다. 현우가 쓰게 웃었다.

"네, 갓 지유이니까요. 그리고 말씀드리지 못한 것이 한 가지 있긴 합니다."

"대표님, 저희 오늘 일찍 퇴근하게 해주세요!"

여자 기자가 이제는 떼를 썼다. 현우가 살짝 웃으며 말했다.

"오늘 밤 12시에 송지유 마무리 앨범이 발매됩니다. 정규 1집을 팬분들이 너무 사랑해 주셨기에 보답 차원에서 발매하는 깜짝 앨범입니다."

"곡 제목이 뭔가요?!"

"제목은 '가을이라서'입니다. 김정호 작곡가가 곡을 만들었고 가사는 지유가 썼습니다. 가을에 잘 어울리는 곡이니 팬분들도 좋아하실 거라 생각합니다."

현우의 깜짝 발언에 기자들이 특종을 잡았다며 좋아했다.

"그럼 비행기 시간 문제로 저희는 들어가 보겠습니다."

i2i 멤버들도 꾸벅 인사를 하고 공항 안으로 들어섰다.

"와아아!"

그때 갑자기 사방에서 함성이 들려왔다.

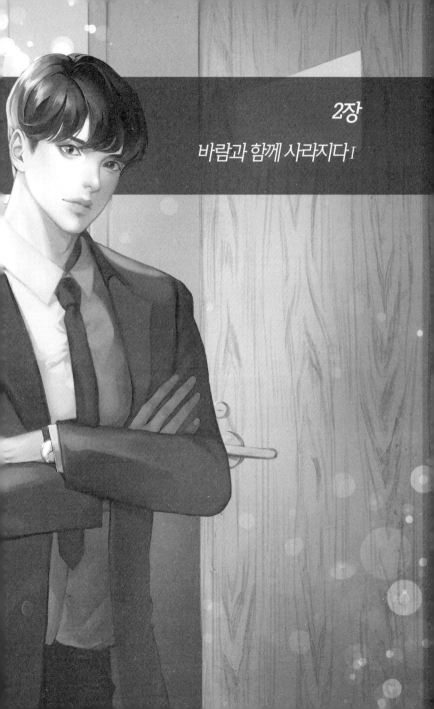

2장

바람과 함께 사라지다Ⅰ

함성과 함께 각양각색의 팬들이 사방에서 몰려들기 시작했
다. 다급해진 현우가 급히 소리쳤다.

"영진아!"

"네, 현우 형님!"

현우와 최영진은 몸집이 작은 이솔과 전유지를 껴안다시피
하여 보호했다. 코인 엔터 백동원 팀장과 소속 매니저들도 멤
버들을 둘러싸며 보호하기 시작했다.

"절대로 과잉 대응 하지 마!"

백동원 팀장이 소속 매니저들에게 소리치며 주의를 주었다.

멤버들을 보호하려다가 반대로 팬심을 잃을 수 있었다.

다급해하고 있는 매니저들과 다르게 멤버들은 잔뜩 신이 나 있었다. 팬들이 주는 선물이나 편지를 받느라, 또 팬들의 손을 잡아주느라 그야말로 정신이 없었다.

"솔부기! 사랑해!"

"솔부기, 아라 커플 파이팅!"

"지수좌! 만세!"

"찐빵아! 지연아!"

"하나 언니! 여기 좀 봐주세요!"

팬들이 응원과 함께 온갖 말을 쏟아내었다. 멤버가 13명인 만큼 팬들의 응원 구호도 다양했다. 그러다 보니 자연스레 이목이 쏠렸다. 이제는 일반 여행객들까지 멤버들에게 몰려들었다.

"지나가겠습니다! 양해 부탁드립니다!"

현우가 큰 목소리로 외쳤다.

"대표님! 멋있어요!"

"예! 감사합니다!"

"김현우! 잘생겼다!"

"가, 감사합니다!"

민망함에 현우가 곤란한 얼굴을 했다.

매니저들의 노력과 멤버들의 친절한 팬 서비스에 감동한 팬들이 조금씩 질서와 안정을 찾아갔다. 이제는 팬들이 매니저들과 함께 멤버들을 좌우에서 호위하기 시작했다.

정신없던 분위기가 조금은 가라앉았다. 현우는 차분히 팬들을 살펴보았다.

'훌륭해.'

현우가 만족스러운 얼굴을 했다. 남자 팬도 많았지만 여자 팬이 더욱 많았다. 현우는 속으로 안도했다.

여자 아이돌에게 가장 중요한 팬덤은 아이러니하게도 남성 팬덤이 아니라 여성 팬덤이었다. 여성 팬덤이 얼마나 강력하고 튼튼한지에 따라서 그 걸 그룹의 인기와 수명이 결정된다는 것이 업계의 지론이었다.

여성 팬들이 알아봐야 뜬다. 이것 또한 업계에서 인정하고 있는 성공 공식 중 하나였다.

이유는 명확했다. 남성 팬덤의 경우 충성도가 낮았고 적극적으로 팬 활동을 하는 숫자도 적었다. 더 예쁘고 새로운 걸 그룹이 데뷔하면 그쪽으로 팬심이 몰리는 경우도 허다했다.

하지만 여성 팬덤의 경우 충성도가 굉장히 높은 편이었다. 그리고 여성 팬덤이야말로 굿즈나 콘서트 등 가장 적극적인 소비 활동을 하는 계층이었다. 예를 들어 일류 여자 아이돌 중에 여성 팬덤이 약한 경우는 거의 없었다. 걸즈파워의 엘시만 봐도 수많은 여성 팬을 몰고 다녔다.

팬들의 배웅을 받으며 무사히 수속을 마칠 수 있었다.

현우 일행은 오키나와행 비행기에 몸을 실었다. 비행기 안이라 최대한 자제하고 있었지만 멤버들 전원이 좀처럼 흥분을 가라앉히지 못했다. 해체한 걸 그룹 사바나의 리더이던 유은은 남몰래 눈물까지 훔쳤다.

＊　　　＊　　　＊

오키나와 나하 공항에 도착한 현우 일행을 박수호가 기다리고 있었다.

"현우 형님! 얘들아!"

박수호가 현우와 고양이 소녀들을 격하게 반겼다. 현우는 반가움에 박수호의 어깨를 두들겨 주었다.

"오랜만이다. 오키나와까지 오느라 고생했지?"

"고생은요. 형님도 보고 싶었고, 다 보고 싶었죠."

현우는 기획사 관계자들과 다른 멤버들에게 박수호를 소개했다.

그리고 후지 TV 쪽 관계자들도 모습을 드러내었다.

"마에츠 요코입니다. 오키나와에 잘 오셨습니다."

단발머리의 여자 피디가 현우 일행을 반겼다.

"대표님, 후지 TV에서는 왜?"

사정을 모르고 있는 이기혁 실장이 조용히 물어왔다.

"후지에서 우리 아이들 뮤직비디오 촬영을 담고 싶다고 했습니다."

후지 TV는 일본 방송 최초로 한국 예능 프로그램을 수입했다. 그리고 지난 한 달 동안 수요일과 목요일 밤 12시에 '프로듀스 아이돌 121'이 방송되었고, 그 영향으로 후지 TV에서는 i2i에 상당한 관심을 가지고 있었다.

마에츠 요코 피디가 박수호에게 일본어로 뭐라 말을 했다.

"뭐라고 하시는데?"

"그게… 깜짝 선물이 있다는데요?"

박수호도 무언가를 아는 눈치였다.

"뭔데?"

"형님, 일단 나가시죠. 가면서 이야기해요."

현우와 매니저들이 멤버들을 양옆에서 호위하며 공항을 빠져나갔다.

"이거 뭐야?!"

최영진이 그만 소리를 지르고 말았다. 마에츠 요코 피디와 후지 TV 쪽 관계자들이 웃는 얼굴로 손을 들었다. 그리고 공항 게이트 너머를 가리켰다.

"와아아!"

갑자기 함성이 쏟아졌다. 현우 역시 깜짝 놀랐다. 일본어와

삐뚤삐뚤한 한국어가 적힌 피켓들을 들고 일본 팬들이 마중을 나와 있었다.

숫자가 그리 많은 것은 아니었다. 백여 명 정도?

하지만 아직 정식으로 데뷔도 하지 않은 멤버들을 위해 일본 팬들이 오키나와까지 직접 찾아와 준 것이다.

멤버들은 감동을 받아 어쩔 줄을 몰라 하며 발만 동동 구르고 있었다. 현우가 멤버들을 돌아보며 입을 열었다.

"여기까지 찾아와 주셨는데 인사해야지?"

"네!"

현우와 최영진을 따라 멤버들이 공항 게이트를 나갔다. 그리고 팬들 바로 앞까지 다가갔다.

열정적인 국내 팬들과 다르게 일본 팬들은 상당히 부끄러움을 탔다. 조금 전 함성을 지른 모습은 온데간데없었다.

"안녕하세요! 소녀들의 꿈은 무대 위에! i2i입니다!"

멤버들이 구호와 함께 일제히 고개를 숙여 팬들에게 인사하자 박수가 쏟아졌다.

"대표님, 어떻게 해요?"

배하나가 현우에게 묻고 있다. 일본어가 되지 않으니 답답하기도 하고 미안하기도 했다. 다른 멤버들도 같은 심정이었다.

현우가 빙그레 웃었다.

"굳이 말이 통해야 하나? 부담 가질 필요 없이 팬들이랑 직접 소통을 해봐. 나는 지켜만 볼 테니까."

그렇게 말하고 현우와 최영진이 한발 뒤로 물러섰다.

"에라, 모르겠다."

배하나가 가장 먼저 일본 여고생 팬에게로 다가가 악수를 했다. 다른 멤버들도 용기를 내서 팬들과의 소통을 시작했다.

일본 팬들은 단단히 준비를 해온 것 같았다. 멤버들의 사진이 프린팅되어 있는 종이나 옷가지들, 그리고 다양한 물건을 내밀며 사인을 받았다.

후지 TV에서는 깜짝 팬 미팅 현장을 벌써 카메라에 담고 있었다. i2i의 첫 발걸음부터 모든 것을 담겠다는 의지가 엿보였다.

"준비성 하나는 철저하네요."

"그러게 말입니다. 그래도 후지 TV에서 푸쉬는 확실히 해줄 것 같아 마음이 놓입니다, 대표님."

현우와 이기혁 실장은 후지 TV 관계자들을 바라보며 대화를 주고받았다. 그러면서도 현우는 멤버들에게서 눈을 떼지 않고 있었다. 모든 멤버가 진심으로 일본 팬들을 대하고 있어 마음이 놓였다.

일본 팬들과의 짧은 만남을 뒤로하고 현우와 매니저들은 멤버들을 버스에 태웠다. 어째 멤버들보다 국내 팬들과 일본 팬들로부터 받은 선물들이 더 많았다.

버스가 나하 공항을 빠져나갔다. 버스 창문 너머로 아름다운 아열대 섬의 풍경이 펼쳐졌다. 구름 한 점 없는 푸른 하늘과 그 하늘보다 더 푸른 바다가 도로를 따라 끝없이 펼쳐졌다.

뮤직비디오를 찍으러 왔다는 것을 잊은 채 멤버들은 오키나와의 절경에 푹 빠져 있었다.

숙소는 오키나와에서 제법 유명한 엑시즈 리조트로 예약했다. 리조트 근방으로 접어들자 하얀 백사장과 함께 푸른 바다가 사방으로 펼쳐졌다.

"우와! 대박!"

멤버들은 창문에 다닥다닥 붙어 눈을 떼지 못했다. 그사이 버스가 리조트 안으로 들어섰다. 5성 호텔급인 리조트의 화려한 경치에 멤버들은 또 한 번 놀랐다.

버스가 멈추었다. 직원들의 안내를 받아 로비에서 체크인을 했다. 현우는 3명씩 총 4개의 방을 멤버들에게 배정했다. 플래시즈 엔터와 코인 엔터 관계자들도 방을 배정받았다.

짐을 풀고 현우는 멤버들의 숙소를 둘러보았다. 다들 짐 정리에 한창이었다. 현우는 멤버들을 이솔의 방으로 모았다.

"오늘은 리조트에서 하루 쉬기로 하자."

"대표님 만세!"

멤버들이 환호성을 질렀다. 리조트 내에는 구경할 것이 정말 많았다.

신나하는 멤버들을 보며 현우는 피식 웃었다.

"내일 아침부터 뮤직비디오 촬영 들어가야 하니까 너무 늦게 자는 건 좀 그렇겠지? 그럼 푹 쉬도록 하고, 먹고 싶은 게 있다거나 수영을 하고 싶다거나 구경하고 싶은 게 있으면 영진이나 백동원 팀장님한테 부탁하도록 해."

"대표님은요?"

이솔이 고개를 갸웃거리며 물어왔다.

"나는 잠깐 밖에 다녀올 거야."

"우리 빼놓고 놀러 가는 거 아니에요?"

"어, 진짜?"

이지수와 배하나가 현우의 양팔을 붙잡았다. 이솔과 서아라가 현우의 앞과 뒤를 막아섰다.

"놀기는 뭘 놀아. 일하러 가는 거지. 어쨌든 푹 쉬고."

멤버들을 간신히 떨어뜨려 놓고 현우는 리조트를 나섰다.

마에츠 요코 피디와 후지 TV 관계자들이 승합차를 대기시켜 놓고 현우 일행을 기다리고 있었다.

현우와 김은정, 박수호, 그리고 이기혁 실장이 나란히 승합차에 올랐다. 그러자 승합차가 서서히 리조트를 빠져나갔다.

목적지는 오키나와의 중북부 쪽 해변에 자리 잡고 있는 야마다 고등학교였다. 숲속 언덕길을 올라 승합차가 학교 운동장에 멈추었다.

승합차에서 내린 현우는 고등학교 건물을 유심히 살펴보았다. 뮤직비디오 제작팀이 호언장담할 만했다.

고풍스러운 학교 건물 바로 뒤쪽으로 오키나와의 푸른 해변이 펼쳐져 있었다. 교문 앞으로는 길게 오솔길이 이어져 있었다.

뒤로는 해변, 앞은 숲을 끼고 있어 그 풍경이 너무나도 아름다웠다. 김은정은 벌써 핸드폰으로 학교와 주변 풍경을 찍고 있었다. 주변 풍경의 색채에 맞춰 의상을 준비해야 하기 때문이다.

"장난 아닌데?"

"그렇죠, 형님? 오키나와까지 온 보람이 있네요."

현우와 박수호가 대화를 나누는 사이 미리 선발대로 떠난 뮤직비디오 제작팀의 책임자들이 나타났다. 촬영감독과 연출감독이었다. 뮤직비디오를 제작하는 실질적인 사람들이다. 뮤직비디오 제작팀을 섭외한 파인애플 뮤직의 이진원 팀장도 함께였다.

이진원 팀장이 뮤직비디오 제작팀을 현우에게 소개했다. 연출팀과 촬영팀, 조명팀, 그리고 뮤직비디오에서는 보통 잘 찾지 않는 오디오팀까지.

감독과 퍼스트, 세컨드, 데이터 매니저, 막내 등 인력만 거의 20명에 달했다. 초호화 뮤직비디오 제작팀이 갖춰진 셈이다.

그리고 뮤직비디오 제작팀 인원 전부가 오늘 처음 본 현우를 반기고 있었다.

다 이유가 있었다. 보통 해외 로케로 뮤직비디오 촬영을 떠나면 기획사에서는 뮤직비디오 제작팀에게 최소한의 인력을 요구한다. 제작비를 아끼려는 목적이다. 하지만 뮤직비디오 제작팀 입장에서는 불편한 요구일 수밖에 없었다.

촬영 시일도 꽤 걸리는 해외 로케에 인원 감축까지 하면 각 팀의 세컨드, 막내들 없이 일을 배로 해야 한다. 하지만 어울림 엔터테인먼트에서는 제작비 지원에 아낌없이 투자했다. 현장에서 일하는 제작팀에게 이렇게 인심이 후한 기획사를 만나는 경우는 흔하지 않았다.

"김현우 대표님, 촬영 현장을 보여 드리겠습니다."

연출 감독이 현우 일행을 이끌고 고등학교 구석구석을 소개했다. 현우의 옆에서는 연출팀 막내가 콘티를 한 장 한 장 넘겨가며 촬영 현장과 비교해 주었다. 현우가 아낌없이 지원

한 만큼 콘티의 양도 제법 되었다. 그리고 또 그 옆에서는 후지 TV 관계자들이 카메라로 촬영 현장을 담고 있는 진풍경이 벌어지고 있었다.

콘티와 비교해 가며 촬영 현장을 꼼꼼히 둘러본 후 현우 일행은 다시 운동장으로 나왔다.

"저희 제작팀은 내일 새벽 6시까지 나와서 미리 촬영 대기와 세트 준비를 해놓겠습니다. 대표님은 i2i분들과 함께 아침 9시까지만 나와주시면 됩니다."

연출 감독이 친절하게 일정을 설명했다.

"예, 그럼 그렇게 알고 있겠습니다."

뮤직비디오 촬영은 학생들의 수업이 없는 내일 토요일과 일요일 이틀에 걸쳐 촬영할 예정이다.

현우는 마지막으로 뮤직비디오 촬영장으로 쓰일 고등학교를 눈에 담았다.

해변에서부터 노을이 지더니 옅은 푸른빛이 도는 고등학교 건물에 반사되어 몽환적인 분위기를 연출하고 있었다.

상당히 마음에 들었다. 현우는 품에서 종이봉투 하나를 꺼내어 연출 감독에게 건넸다.

"이건?"

"회식하시라고 조금 넣어봤습니다. 오키나와는 철판 스테이크와 타코라이스가 유명하다더군요."

"이러지 않으셔도 됩니다. 페이도 이미 넉넉하게 챙겨주셨는데요."

"부담 가지실 필요 없습니다. 아, 그래도 저희 아이들은 잘 부탁드리겠습니다. 특히 지금 이 저녁 하늘을 뮤직비디오에 담고 싶습니다. 어려운 부탁인가요?"

"아뇨, 아닙니다! 열심히 찍어보겠습니다, 대표님."

연출 감독과 연출팀 스태프들이 현우를 향해 고개를 꾸벅 숙여 보였다.

*   *   *

후지 TV 쪽에서 저녁 식사를 제의했지만 현우는 오히려 역으로 저녁 식사를 제안했다.

오키나와 해변이 훤히 보이는 야외 테라스에서 바비큐 파티가 벌어졌다.

오키나와의 브랜드 소고기라는 이시가키규가 큼지막하게 불판 위에서 구워지고 있다. 멤버들이 군침을 흘리며 뚫어져라 익어가는 고기를 보고 있다.

현우와 최영진이 중심이 되어 고기를 구웠다. 어느 정도 고기가 익자 현우가 접시에 고기를 담았다.

"저요! 저요!"

배하나가 득달같이 달려들어 고기를 얻어갔다. 멤버들도 차례차례 고기들을 가져갔다. 그런데 시간이 지남에 따라 점점 현우의 앞으로만 멤버들이 몰렸다.

"얘, 얘들아? 내가 구워주는 고기는 별로야?"

최영진이 울상을 했다. 유은이 발걸음을 돌려 최영진 앞으로 섰다.

"은아, 그래도 너밖에 없다. 근데 내 고기는 맛없어?"

"영진 오빠, 고기를 너무 익히면 맛이 없잖아. 대표님 고기가 훨씬 나은 것 같아. 미안."

그러고는 다시 빈 접시를 들고 발걸음을 돌렸다. 여기저기에서 웃음이 터져 나왔다.

첫날 일정이 순조롭게 끝이 났다.

후지 TV 관계자들도 기분이 좋아서 숙소로 돌아갔다.

멤버들은 따듯한 온천탕에서 놀다가 자겠다고 했고, 현우는 어울림 식구들과 따로 모여 숙소에서 캔 맥주를 마시고 있다.

"형님, 마치 휴가 온 것 같아요. 일을 하고 있는데 일처럼 느껴지지가 않는다고나 할까요?"

벌게진 얼굴로 최영진이 말했다. 김은정이 최영진과 캔 맥주를 부딪치며 원 샷을 했다.

"놀고먹으면서도 할 일은 한다! 현우 오빠, 아니, 대표님. 우리 회사 방침으로 이건 어떠세요?"

"나쁘지 않지. 그걸로 할까? 단톡방 공지로 그거 띄워봐, 은정아."

"오키! 오키!"

김은정이 반색하며 핸드폰을 만졌다. 그때 갑자기 핸드폰이 울렸다. 송지유였다. 그리고 영상통화였다.

현우가 통화 버튼을 누르자 민낯에 하얀색 티셔츠 차림의 송지유가 나타났다.

—뭐 하고 있어요?

"보시다시피 맥주 한 잔 마시고 있어."

현우가 핸드폰으로 숙소 내부를 훤히 보여주었다. 김은정과 박수호, 최영진이 송지유를 반겼다.

—휴우, 재밌겠다. 나 빼고 가니까 좋아요? 김은정, 좋아? 영진 오빠도 좋아요? 수호 씨도 좋은가요?

송지유가 뾰로통한 표정을 했다. 현우가 피식 웃었다.

"연기 레슨은 잘 다녀왔고?"

—네, 잘 다녀왔어요. 회사에서 태명 오빠랑 운동하고 조금 전에 집에 왔어요.

"수고했어. 이제 12시에 마무리 앨범만 무사히 공개되면 이번 정규 1집 활동은 대성공이라고 평가할 수 있겠구나. 고생했다, 갓 지유."

─오빠가 제일 고생 많았어요. 일요일 밤 비행기로 한국 오는 거예요?

"아마도? 일정 늦어지면 월요일 아침 비행기로 돌아갈 수도 있어. 왜, 보고 싶냐?"

순간 핸드폰 화면 속에서 송지유의 얼굴이 사라졌다.

"무슨 일이야, 지유야?"

─몰라요. 이제 잘래요. 술 적당히 마시고들 자요.

"지유야, 걱정 말고 편히 자! 현우 오빠 감시는 내가 잘할게!"

김은정이 끼어들었지만 소용이 없었다. 툭 전화가 끊겨 버렸다.

각자 숙소로 돌아가고 현우는 홀로 커다란 침대에 누웠다. 맛있는 고기도 먹었고 맥주도 마셨겠다, 오랜만이 심신이 편안했다.

자정 12시가 넘어가고 음원 차트에 송지유의 정규 1집 마무리 앨범 '가을이라서'가 공개되었다.

송지유의 노래를 재생시키고 현우는 조용히 두 눈을 감았다. 서정적이면서도 상쾌한 느낌의 곡이 현우의 귓가를 간질였다.

가을밤 그대가 떠올라요
이유는 묻지 말아요

그냥, 그냥 가을이라서
바보 같은 그대가 떠올라요
가을밤 낙엽은 떨어지는데
그대는 아무것도 몰라
그래도 바보 같은 그대가 좋아
이유는 묻지 말아요
그냥, 그냥 가을이라서

단순한 가사였지만 멜로디도 그렇고 가사 또한 부담이 없는 편안한 노래였다.

현우는 몇 번이나 노래를 반복해 들으면서 반응을 살펴보았다.

벌써 주요 커뮤니티마다 곡이 좋다, 마음이 편안해진다, 관심이 있는 이성에게 연락해 볼까 하는 등 수많은 글이 올라오고 있었다.

송지유는 아까 그 얼굴, 그 옷 그대로 셀카를 찍어 팬 카페 SONG ME YOU에 정규 1집 활동을 마무리한다며 글까지 올려놓은 상태였다. 그리고 팬들과 실시간으로 댓글을 주고받고 있었다.

현우도 좋아요 버튼을 누르고 잠자리에 들었다. 살짝 잠이 들었는데 또 핸드폰이 울렸다.

현우는 무심결에 전화를 받았다.

"어, 지유야. 무슨 일인데?"

―김현우 대표님?

낯선 여성의 목소리에 현우는 잠이 확 깨버렸다. 먼저 발신자부터 확인했다. 발신자는 '귀욤터지는깜찍이ㅠㅠ나'였다.

'이게 누구야?'

순간 외계어로 보여 현우는 두 눈을 비볐다.

―대표님? 대표님?

그사이 핸드폰 너머로 현우를 부르는 목소리가 들려왔다. 서서히 잠이 깼다. 목소리의 주인공이 누구인지 이제야 알 것 같았다. 저번에 엘시를 숙소로 데려다줄 때 한번 이야기를 나눈 적이 있는 걸즈파워의 멤버 유나였다.

"네, 유나 씨. 무슨 일 있습니까?"

늦은 시간에 이유도 없이 대뜸 전화하지는 않았을 거라는 생각이 들었다. 그러다 문득 엘시가 떠올랐다.

"엘시 씨, 또 술 마신 겁니까?"

―…차라리 그랬으면 좋겠어요.

유나가 길게 한숨을 내쉬며 말했다.

―대표님, 혹시 다연 언니한테 연락 온 적 없나요?

"연락이요?"

침대에 누워 있던 현우는 곧장 자세를 바로 하고 앉았다.

무언가 조짐이 좋지 않았다. 등골이 싸했다.

―없었구나. 대표님, 이제 어떻게 하죠?

갑자기 유나가 울먹였다. 덩달아 현우의 표정도 굳어졌다.

"자세하게 설명해 봐요, 유나 씨."

―언니가 잠깐 바람 쐬고 오겠다고 했는데 지금까지 연락도 없고 전화도 꺼놨어요.

"정확히 언제 숙소를 나간 겁니까?"

―화요일에 나갔어요. 소속사에는 비밀로 해달라고 해서 매니저 오빠들도 몰라요. 내일 아시아 투어 떠나야 하는데 어떻게 하죠? 소속사에서 알면 다연 언니 정말 큰일 나요, 대표님.

울먹이며 말을 잇던 유나가 결국 울음을 터뜨렸다.

"유나 씨, 일단 진정해요. 엘시 씨가 어디로 간다고 말은 했습니까? 알고 있어요?"

―모르겠어요. 바보같이 물어보지도 않았어요.

"다른 멤버들은요?"

―모를 거예요. 숙소에 저랑 다연 언니 둘만 있었어요.

현우는 머리가 싸늘하게 식어오는 것을 느꼈다. 화요일에 숙소를 나갔다면 오늘이 토요일 새벽이니 사흘이나 지난 셈이다.

걸즈파워의 멤버이자 리더인 엘시가 대대적인 아시아 투어를 앞두고 사흘 동안 연락 한 통도 없었다. 핸드폰도 꺼놓은 상태였다.

'저 당분간 휴식 시간을 가지려고 해요.'

불현듯 포장마차에서 엘시가 한 말이 떠올랐다.

'그때 내가 뭐라고 했지?'

서서히 기억이 돌아왔다. 현우는 휴식이 필요하다는 조언을 해준 적이 있다. 그리고 엘시는 이렇게 말했다.

'대표님이 그렇게 말씀해 주시니까 더 용기가 나요.'

현우는 이마를 짚었다. 아무래도 엘시가 잠적을 선택한 것 같았다.

'그날 이미 마음을 먹고 있던 거였어.'

핸드폰 너머로 유나가 계속해서 훌쩍이고 있었다. 현우는 냉정을 되찾으려 애썼다.

"유나 씨, 유나 씨?"

—네, 대표님.

"내일 아시아 투어 몇 시 비행기입니까?"

—저녁 6시 30분 비행기예요.

현우는 잠시 말을 멈추고 생각했다.

'엘시가 내일 비행기 시간 전까지 돌아올 수 있을까? 아니,

그럴 확률은 거의 없어.'

그날 밤의 엘시는 모든 것을 내려놓은 표정이었다. 낮은 확률에 기대를 걸고 모험을 할 수는 없었다.

"일단 오늘은 편히 자요. 그리고 아침 일어나는 대로 이석우 실장님한테 자세하게 상황을 설명해요."

─그, 그러면 다연 언니가…….

"엘시 씨는 내일 돌아오지 않을 겁니다. 유나 씨도 그렇게 생각하지 않아요?"

─그렇긴 하지만 실장님이 아시게 되면 회장님도 알게 되실 거예요.

"그렇다고 해서 내일 아시아 투어 전까지 이 사실을 숨기고 있다면 엘시 씨한테 더 큰일이 벌어질 겁니다. 만약 언론에 알려지기라도 하면 그때는 정말 걷잡을 수가 없습니다. 차라리 이석우 실장님한테 말을 하고 상황을 수습하는 게 훨씬 나을 겁니다. 지금으로선 이게 최선입니다."

─…알겠어요, 대표님. 저 그렇게 할게요. 그리고 혹시… 대표님이 다연 언니한테 연락해 보시면 안 될까요? 대표님 전화라면 받을 수도 있잖아요. 네?

"그래야죠. 저도 연락해 보겠습니다. 유나 씨, 편히 자요. 알았죠?"

─네. 그러면 제가 또 전화할게요, 대표님. 늦은 시간에 감

사합니다.

"아뇨. 전화 잘했어요. 그럼 잘 자요."

전화가 끊겼다.

현우는 침대 뒤로 벌러덩 누워버렸다. 그러다 갑자기 속이 타 냉장고에 남아 있는 캔 맥주를 찾았다. 시원하고 알싸한 맥주가 목을 쓸며 넘어가자 답답하던 속이 제법 풀렸다.

'어쩐지 요즘 너무 일이 잘 풀린다 했어. 대체 나한테만 왜 이러는 건데? 과거로 돌려보내 줬다고 지금 나를 가지고 노는 거야? 그런 거야?'

하늘을 원망하며 현우는 핸드폰에서 엘시의 번호를 찾았다. 그리고 통화 버튼을 눌렀다.

─전원이 꺼져 있어 삐 소리 후 소리샘으로 연결되오며…….

유나의 말대로 전원이 꺼져 있었다. 현우는 문자라도 남겨 놓기로 했다.

[김현우: 다연 씨, 김현우입니다. 문자 확인하면 전화 부탁해요.]

문자 메시지를 남겨놓은 다음 현우는 남은 캔 맥주를 입으로 털어 넣었다. 침대에 다시 누워 현우는 고민했다.

'내일 아침 비행기로 한국으로 돌아가야 하나? 아니야. 아니

지. 내가 없으면 아이들이 나를 찾을 거야. 후우. 하필 왜 이때 엘시가 사라지는 건데?'

엘시가 신경 쓰였다. 그리고 걱정도 되었다. 하지만 i2i 멤버들의 첫 뮤직비디오이다. 대표로서 멤버들을 챙겨야 할 책임이 있었다.

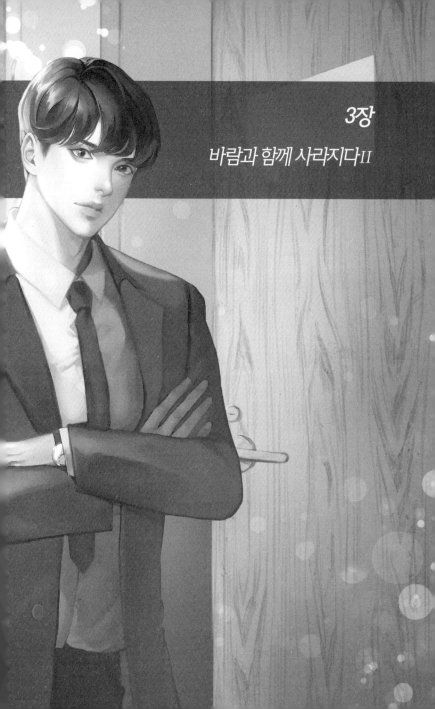

3장

바람과 함께 사라지다 II

　정말로 하늘이 농간이라도 부리는 것인지 날씨가 유난히 좋았다. 선선한 바람에 찬란한 햇빛이 오키나와 섬 전체를 보듬고 있었다.

　뮤직비디오 촬영 장소인 야마다 고등학교의 운동장 외곽으로 i2i 멤버들이 타고 온 버스와 기획사 관계자들의 승합차들, 그리고 후지 TV 제작진의 승합차까지 질서 정연 하게 주차되어 있다.

　유리창이 커튼으로 뒤덮인 교실 안은 전쟁터였다. 교실 책상 위로 커다란 메이크업 박스가 놓여 있고, 교실 벽으로는 수십 벌이 넘는 의상이 걸려 있었다.

"솔! 솔아! 리본 해야지! 하나랑 지수랑 계속 장난칠 거야? 화장 지워진다니까!"

김은정이 플래시즈 엔터의 스타일리스트 세 명과 함께 고군분투하고 있었다. 고데기로 헤어스타일까지 완벽하게 세팅한 후에야 김은정이 길게 숨을 내쉬었다.

"휴, 진짜 왜 이렇게 시끄러운 거야? 이럴 줄 알았으면 지유랑 같이 올걸! 그럼 너네 꼼짝도 못 하잖아! 특히 이지수! 배하나! 너네!"

"언니, 지유 선배님한테 이를 거예요?"

평소 송지유의 광팬인 막내 전유지가 김은정에게 애교를 부렸다.

"에휴, 진짜 귀여워서 봐준다! 다들 얼른 나가! 나랑 언니들이랑 쉴 거야!"

김은정이 멤버들을 등 떠밀어 밖으로 내보냈다.

그리고 교실 밖에서는 현우와 최영진이 연출팀과 함께 멤버들을 기다리고 있었다.

"오오!"

연출팀이 탄성을 질렀다. 뮤직비디오 촬영을 앞두고 의상에도, 메이크업에도, 헤어스타일에도 잔뜩 힘을 준 멤버들이다. 그간 숱하게 뮤직비디오를 촬영해 온 연출팀조차도 놀랐다.

"비주얼은 현존하는 걸 그룹 중에 최고네요, 최고."

현우보다 세 살이나 많은 연출팀 퍼스트가 바보 같은 얼굴을 하며 엄지를 척 들어 보였다.

"진짜죠? 그거 매번 하는 말 아니죠?"

"그럼 우리 다 삐칠 건데."

분위기 메이커 이지수와 배하나의 말에 연출팀 퍼스트가 크게 웃었다.

"진짜예요! 안 그러냐, 얘들아? 하하!"

연출팀 세컨드와 막내들이 연신 고개를 끄덕였다.

"그럼 누구 뽑으셨는데요?"

이지수의 느닷없는 질문에 퍼스트가 곤란한 얼굴을 하면서도 손가락으로 이솔을 가리켰다.

"이지수랑 배하나는 아니네. 바보들."

차보미가 킥킥 웃었다. 이솔과 멤버들도 킥킥 웃었다.

촬영 전부터 분위기는 화기애애했다. 현우는 연출팀 인원과 이런저런 이야기들을 나누며 학교 건물을 빠져나왔다.

"와아아!"

촬영장 가이드라인 밖으로 일본 각지에서 날아온 팬들이 진을 치고 있었다. 그리고 인근 오키나와 주민들과 야마다 고등학교의 학생들까지 구경을 나와 있었다.

현우가 뭐라 입을 열기도 전에 멤버들이 초록색 잔디로 물든 운동장을 질주했다.

"안녕하세요! i2i입니다!"

일본 팬들과 오키나와 주민들 앞에 선 멤버들이 90도로 인사를 했다. 그리고 손가락 하나를 먼저 들더니 그다음에는 손가락 두 개로 브이 자를 그렸다. 그런 다음에는 다시 손가락 하나로 각자의 볼을 꼭 찔렀다.

"저건 또 언제 만든 거야?"

현우가 피식 웃었다. 상당히 그럴듯하고 깜찍한 구호였다.

"솔이가 만들었다고 하던데요, 형님?"

"그래?"

최영진의 말에 현우는 이솔에게 시선을 주었다. 일본어로 팬들과 소통하면서도 박수호를 도와 다른 멤버들의 말까지 통역해 주고 있었다. 전보다 훨씬 밝은 얼굴이다.

"요즘은 아라랑 죽이 맞아서 장난도 잘 쳐요. 아시죠?"

"알고 있지."

내성적이고 조용하던 이솔이다. 무대 공포증 탓이다. 하지만 요즘은 밝고 활기찬 본래의 모습을 되찾아가고 있었다.

일본 팬들과 인사를 하고 오키나와 주민들에게까지 자신들을 소개한 멤버들은 연출팀의 인도를 받아 초록색 잔디 위로 대형을 잡고 섰다. 바람도 선선하고 햇빛이 좋아 운동장 단체 군무 장면을 먼저 담기로 했다.

연출팀 막내들이 가이드라인에 붙어 일본 팬들과 오키나와 주민들에게 주의 사항을 전달해 주었다. 오디오 녹음 자체가 필요 없는 장면이기에 소리가 섞일 위험은 없었다. 하지만 멤버들의 집중력을 위해서는 질서와 정숙이 필요했다.

은색 견장을 어깨에 얹은 멤버들이 V 자 대형을 잡았다. 그리고 황금색 견장을 얹은 이솔이 센터로 섰다.

촬영 사인이 떨어지기 전 현우는 카메라를 들여다보았다. 찬란한 햇빛과 초록색 잔디, 그리고 하늘색 계열의 학교 건물이 한눈에 훤히 들어왔다.

"훌륭하네요."

"그렇죠? 제가 봐도 뷰 하나는 끝내줍니다. 그리고 멤버분들이 하나같이 비주얼이 뛰어나요. 찍으면서 제 눈도 호강할 것 같습니다."

촬영감독도 상당히 만족스러운 얼굴을 하고 있다. 촬영감독이 잡고 있는 메인 카메라뿐만 아니라 다섯 대의 카메라가 사방으로 자리를 잡았다. 특별히 고가의 고속 카메라까지 두 대나 준비했다.

그렇게 총 여덟 대의 카메라가 멤버들을 담을 준비를 하고 있다.

카메라 앵글이 잡혔다.

"카메라!"

연출 감독이 사인을 보냈다.

"롤!"

촬영감독의 사인도 떨어졌다.

장난스럽게 수다를 떨고 있던 멤버들의 분위기가 일순간 변했다.

야마다 고등학교 운동장으로 신곡 '소녀K 매직'의 전주가 흘러나오기 시작했다. V 자 대형을 펼치고 있던 멤버들이 잔상을 남기듯 단 한 치의 오차도 없이 일자 대형으로 합쳐졌다. 그리고 일렉트로니카 사운드가 시작됨과 동시에 허공으로 점프를 하며 사뿐 바닥으로 착지했다.

유심히 보고 있던 일본 팬들과 오키나와 주민들이 깜짝 놀라며 눈을 크게 떴다. 통통 튀는 스텝을 밟으며 멤버들이 화려하고 여성적인 안무를 펼쳤다. 레트로풍의 복고 댄스와 현대무용이 뒤섞인 고난이도의 안무가 쉬지 않고 펼쳐졌다.

분홍색 줄넘기가 사방으로 펼쳐졌다. 릴리가 고안한 '땅따먹기 춤'에 일본 팬들은 물론 오키나와 주민들이 입을 떡 벌렸다. 멤버들이 각자 개인 안무를 펼치며 줄넘기 줄을 넘었다. 박수가 쏟아졌다.

마지막으로 센터 이솔이 줄넘기 줄을 넘다 바닥으로 철퍼덕 넘어졌다. '어어?' 하는 걱정 어린 탄성이 터져 나왔지만, 동시에 배하나와 서아라가 이솔을 허공으로 띄웠다. 허공에서

한 바퀴를 돈 이솔이 사르륵 바닥으로 착지하며 윙크와 함께
V 자를 그렸다.

안무 중 킬링 포인트라 말하는 장면이 펼쳐진 것이다.

계속해서 안무가 펼쳐졌다. 두 번째 킬링 포인트로 이지수
의 발레 안무가 펼쳐지고 박수가 쏟아졌다. 그리고 곡이 마무
리되었다. 거친 숨을 몰아쉬며 멤버들이 꾸벅 고개를 숙여 인
사했다.

열광적인 환호와 박수가 쏟아졌다. 인터넷이나 후지 TV에
서 '프로듀스 아이돌 121'을 접한 일본 팬들도 놀랄 정도였다.
하물며 오키나와 주민들은 아직도 얼떨떨한 얼굴을 하고 있
었다.

"대표님, 한국의 아이돌은 보통 이 정도의 댄스를 소화해야
하는 건가요?"

뮤직비디오 촬영 현장을 담고 있던 마에츠 요코 피디가 현
우에게 물어왔다. 걸즈파워나 뷰티가 일본에서 한류 몰이를
하고 있었지만, 후지 TV의 피디이자 일본 국민으로서 한국 걸
그룹과 일본 걸 그룹 간의 차이가 점점 좁혀지고 있다고 생각
하던 그녀이다.

하지만 i2i의 멤버들은 그 차원이 달랐다. 힘든 기색 하나
없이 고난이도의 안무를 소화했다. 그리고 멤버 개개인이 곡
에 빠져들어 연기를 했다.

벌써 오키나와 주민 중 여고생 무리가 환호성을 보내며 크게 열광하고 있었다. 호기심에 찾아온 주민 중 대다수가 절대로 i2i를 잊지 못할 것이라는 확신이 들었다.

마에츠 요코는 방송국 피디로서 일종의 문화 충격을 받은 상태였다.

한편, 박수호로부터 통역을 전해 들은 현우가 빙그레 웃었다.

"본래 일본에서의 콘셉트와 한국에서의 콘셉트는 다르게 잡는 편입니다. 일본은 조금 더 귀엽고 소녀다운 느낌을 원하니까요."

"그렇다면 걸즈파워나 뷰티도 저 정도 안무를 소화할 수 있다는 말씀이신가요?"

현우는 턱을 긁적였다.

1세대 걸 그룹은 대개 비주얼에 초점을 맞췄다. 그리고 걸즈파워나 뷰티 같은 2세대 걸 그룹은 비주얼에 가창력을 더한 케이스였다.

데뷔를 앞두고 있는 i2i는 비주얼과 가창력은 물론 퍼포먼스까지 탑재한 3세대 걸 그룹이라고 평가할 수 있었다. 물론 3세대 걸 그룹이라는 생각은 아직 현우 개인의 주관이었다.

"그건 힘들 겁니다."

"뉴 제너레이션이라는 말씀이시죠?"

"아마도요?"

마에츠 요코 피디의 표현이 나쁘지 않았다.

본래의 미래보다 훨씬 더 앞당겨 '프로듀스 아이돌 121'이 방송되었고, 그룹명은 i2i로, 그리고 멤버 숫자도 11명에서 13명이 되어버렸다.

어쨌든 현우가 미래를 앞당긴 셈이나 마찬가지였다. 콘셉트도, 안무도, 곡도 i2i는 한국 가요계를 몇 년이나 훌쩍 앞서가고 있는 상황이었다. 이러한 상황들이 꺼져가고 있는 한류와 한국 가요계의 미래에 어떤 영향을 미칠지 현우는 궁금했다.

"대표님."

"아, 예. 말씀하시죠."

현우가 상념에서 빠져나왔다.

"후지 TV 피디로서 설레기도 하지만 일본 방송계의 한 사람으로서 경각심도 가지게 되네요. 저처럼 자괴감 드는 일본인이 많을까 걱정이에요."

일본 사람치고는 솔직한 성격이었다.

"처음 용산에서 일본 게임기랑 게임을 샀을 때의 저와 제 또래의 남자들 역시 그랬습니다. 하지만 문화라는 것이 서로 상호 보완적인 거니까요."

"그렇겠죠?"

내심 안심하고 있는 마에츠 요코 피디를 뒤로하고 현우는 촬영감독에게 향했다. 촬영감독은 촬영팀 인원과 함께 여덟 대의 카메라에서 뽑아 온 데이터를 재생시켜 보고 있었다.

"어떻습니까, 감독님?"

"보여 드리겠습니다."

현우와 최영진, 그리고 다른 기획사 관계자들까지 노트북 앞으로 달라붙었다. 데이터 매니저가 촬영된 영상을 차례로 재생시켰다.

메인 카메라는 현우가 처음 확인한 대로 익스트림 롱 샷 사이즈로 촬영되어 있었다. 서브 카메라는 그보다 작은 롱 샷 사이즈로, 그리고 세 번째 카메라는 풀 샷으로 화면을 잡고 있었다.

지미집에 설치한 다섯 번째와 여섯 번째 카메라는 멤버들 개개인의 표정이나 포인트 안무들을 위아래, 좌우, 혹은 근접 거리에서 담아내었다.

마지막으로 현우는 두 대의 고속 카메라로 촬영한 영상을 확인해 보았다. 킬링 포인트인 일명 이솔의 '피겨' 안무가 선명하게 잡혀 있었다.

바닥에 철퍼덕 넘어진 순간 지은 입을 삐죽거리는 표정부터 허공에서 한 바퀴를 돌 때의 몸짓과 아름다운 미소, 그리고 사뿐히 착지하는 우아한 라인까지.

"……."

"……"

현우는 물론 영상을 확인한 모든 사람이 숨을 죽이며 눈을 떼지 못했다.

"대표님, 이거 통합니다! 백 퍼센트 먹힙니다!"

코인 엔터의 백동원 팀장이 잔뜩 흥분하며 말했다.

"고속 카메라를 가지고 오길 잘한 것 같습니다!"

플래지즈 엔터의 이기혁 실장까지 흥분을 숨기지 못했다. 대여료가 너무 비싸 끝까지 고민에 고민을 거듭한 끝에 오키나와까지 공수해 온 고속 카메라였다.

그런데 그 역할을 톡톡히 하고 있었다.

"그러니까 제가 말씀드렸잖아요. 돈은 정직합니다. 투자한 만큼 뽑아내는 거죠, 뭐."

끝까지 고속 카메라를 고집한 현우가 어깨를 으쓱했다.

"추가 촬영은 어떻게 되는 겁니까, 감독님?"

현우의 물음에 촬영감독이 고민할 새도 없이 입을 열었다.

"운동장 단체 군무 장면은 추가 촬영이 필요 없을 것 같습니다. 완벽합니다. 편집만 잘하면 그림이 나올 겁니다."

원 테이크 원 샷으로 운동장 단체 군무 장면 촬영이 마무리되었다.

잠시 휴식 시간이 주어졌다. 현우는 최영진과 함께 운동장 안에 설치되어 있는 자판기에서 다 같이 나누어 마실 음료수를 뽑고 있었다.

그때 핸드폰이 울렸다. 발신자를 확인한 현우는 곤란한 표정을 지었다. 음료수를 뽑던 최영진이 현우에게로 다가왔다.

"형님, 누군데 그러세요?"

"이장호 회장님이신데."

"네? S&H 이장호 회장이요? 진짜요?"

"영진아, 음료수 다 뽑으면 먼저 가 있어."

"네, 형님……."

현우는 벤치에 앉아 전화를 받았다.

"네, 회장님. 김현우입니다."

―오랜만이군. 잘 지내고 있나?

"잘 지내고 있습니다. 어쩐 일이신지요?"

―내가 왜 전화했는지 정말 모르겠나?

이장호 회장은 책망하는 어투로 말했다.

"다연 씨 건으로 연락을 주신 거라면 알 것 같습니다."

―다연 씨? 하하!

핸드폰 너머의 이장호 회장이 너털웃음을 흘렸다.

―꽤나 당당하군.

"당당하지 않을 이유가 없기에 그런 것 아니겠습니까, 회장님?"

―좋아, 오키나와에서 뮤직비디오 촬영 중이라지? 귀국하면

오랜만에 얼굴이나 보세나.

"그럼 제가 연락드리겠습니다."

—기다리겠네.

이장호 회장이 먼저 전화를 끊었다.

"형님, 괜찮으세요?"

최영진이 물어왔다.

"괜찮아. 괜찮지 않을 이유가 하나도 없거든."

현우가 웃는 얼굴로 최영진의 어깨를 두들겼다. 하지만 두 눈은 전혀 웃지 않고 있었다.

*　　　*　　　*

음료수와 함께 최영진을 먼저 보내고 현우는 벤치에 앉아 손태명에게 급히 전화를 걸었다.

—어, 현우야. 뮤비 촬영은 잘되어가지?

"지금까지는 순조롭게 잘 찍고 있어."

—그래? 조금 전에 지유 음방도 끝났어. N.NET이랑 KBN, MBS도 그렇고 오늘 SBC에서도 1위 트로피 주더라. 마무리 앨범도 반응이 엄청 좋아. 반응 살펴봤어?

애초에 음악 방송 출연은 단 한 번으로 스케줄을 잡아놓았다. 하지만 팬들과 대중들의 사랑에 보답하고자 마무리 앨범을 발표함과 동시에 마지막으로 음악 방송에 출연했다.

"나도 확인했지. 한국 쪽은 별문제 없고?"

—문제? 없지. 잠깐, 뭔데?

심상치 않은 현우의 목소리에 손태명이 잔뜩 긴장했다.

"방금 전에 이장호 회장한테 연락이 왔어."

—이장호? 왜?

손태명의 목소리가 가라앉았다.

"오늘 새벽에 걸즈파워 유나한테 전화가 왔었어. 엘시가 숙소를 나가서 사흘 넘게 연락 두절이란다."

—연락 두절? 그래서 이장호가 너한테 연락한 거야? 널 의심해서?

손태명은 기가 막혀 했다.

그날 밤 엘시와 단둘이 포장마차에서 만났다는 사실을 현우에게 들어서 이미 알고 있었다.

"엘시가 잠적했어. 그리고 가장 최근에 만난 사람은 나였고. 이장호 회장도 내가 엘시를 만났다는 걸 알고 있는 눈치야. 그러니 S&H 입장에서는 충분히 의심할 만해."

—하아, 큰일 났네. 그래서 이장호가 뭐라고 했는데?

"월요일에 귀국하면 한번 보자고 했어. 태명아, 오늘 저녁 6시 30분 전에 걸즈파워 아시아 투어 관련해서 S&H 쪽에서 어떤 방향으로든 기사를 낼 거야. 기자들한테 연락해서 미리 확인 좀 해줘."

―아시아 투어? 걸즈파워 아시아 투어를 말하는 거지?

"응, 맞아."

―아시아 투어 스케줄까지 있는데 엘시가 사라진 거면 이거 보통 큰일이 아니잖아? 알았어. 최대한 빨리 기자들한테 알아보고 바로 연락 줄게.

"고맙다, 태명아."

―고맙기는. 일단 끊자.

통화를 끝내고 벤치에 앉아 현우는 생각을 정리했다.

걸즈파워의 아시아 투어는 S&H가 오랫동안 공을 들여 기획한 대대적인 이벤트였다. 그런데 걸즈파워의 상징이자 리더인 엘시가 잠적해 버렸다. 그리고 출국하는 당일 걸즈파워 멤버 유나가 엘시의 잠적을 알렸다.

S&H 입장에서는 마른하늘에 날벼락이 떨어진 꼴이다.

'생각보다 일이 커질 수도 있겠어.'

오늘처럼과 맑은이슬 때 벌어진 광고 파동을 넘어 이지수 폭력 동영상 루머 사건으로 인해 이미 어울림과 S&H는 돌이킬 수 없는 강을 건너 버린 상태였다.

뒤통수가 싸했다. S&H와 이장호 회장의 화살이 어울림과 현우 본인에게 향하고 있음을 모를 리가 없다.

지금으로선 최대한 정보를 캐내어 앞으로 벌어질 여러 상황에 대비해야 했다.

'멘탈 잡자, 김현우. 아직 뮤직비디오 촬영 안 끝났다.'

현우는 음료수를 들이켠 다음 자리에서 일어났다.

*   *   *

교실 문을 열고 들어가자 멤버들이 음료수를 마시며 휴식을 취하고 있었다.

"운동장 단체 군무 장면은 추가 촬영 없이 오케이 사인 떨어졌어. 다들 훌륭했다."

"예예!"

멤버들이 다 같이 환호성을 질렀다.

"뭐가 그렇게 좋아?"

"뮤직비디오 빨리 촬영하고 일요일에는 놀 계획이거든요!"

리더인 김수정이 당당하게 말했다. 현우는 쓰게 웃었다.

"그래서 이 악물고 뮤직비디오 촬영 중이라 이거야?"

"네! 빨리 일하고 빨리 논다는 마인드?"

이번에는 배하나가 밝게 웃으며 말했다.

"그럼 나는 오늘 촬영 다 마치면 내일 한국 간다는 마인드?"

현우가 농담을 던졌다.

"아아, 대표님! 얘들아, 빨리 매달려!"

이지수의 주도 아래 멤버들이 현우의 손과 팔, 그리고 옷을 잡아당기며 졸라댔다.

"대표니임~"

어디선가 혀 짧은 소리가 들려왔다. 현우의 눈썹이 중앙으로 모아졌다.

"방금 대표니임~ 누구야?"

"접니다! 배하나!"

"하나 때문에 기분 상했다. 내일 돌아가야겠네, 이거."

"이 바보! 대표님이 느끼한 거랑 애교 싫어하는 거 몰라? 특히 너, 그 가식적인 애교."

유지연이 배하나에게 독설을 내뱉었다.

"방금 지연이도 송지유 같아서 탈락. 방금 지유인 줄 알았잖아. 진짜로."

현우가 놀라는 척을 했다. 배하나에 이어 유지연까지 울상이 되었다. 결국 서아라와 멤버들이 이솔을 내밀었다. 이솔이 쭈뼛쭈뼛 현우에게로 다가왔다.

"대표님, 내일 저녁 하루만 놀게 해주세요~ 네?"

"오케이. 합격."

"네?"

이솔조차도 얼떨떨해하며 큰 눈을 깜빡거렸다.

"아! 솔이 애교는 괜찮고 왜 나는 안 되는데요?"

배하나가 허리에 양손을 척 얹고 삐친 얼굴을 했다. 현우가 피식 웃으며 말했다.

"그러니까 평소에 솔이나 수정이처럼 성실하게 말을 잘 들었어야지."

"저도 대표님 말 잘 듣는데."

서아라가 서운한 얼굴을 했다. 현우가 피식 웃으며 서아라의 어깨를 살짝 두들겼다.

"아라도 당연히 포함되지."

반나절 동안의 휴가를 위해 멤버들이 이를 악물었다. 뮤직비디오 촬영은 매우 순조로웠다. 멤버들이 수업을 받는 교실 장면과 학교 강당에서 배구를 하는 장면, 그리고 멤버 개개인의 파트 부분까지 막힘이 없었다.

고생을 하는 건 김은정과 플래시즈 엔터의 스타일리스트들이었다. 끝없이 멤버들의 상태를 체크하고 다듬어야 했다.

뮤직비디오 제작팀도 멤버들의 속도에 맞춰 스피디하게 촬영을 진행했다. 멤버들의 콘티 이해도가 높아 이솔 센터 버전 말고도 양시시와 하잉의 더블 센터 버전도 순조롭게 병행하며 촬영했다.

그리고 이번 뮤직비디오의 핵심 장면이라고 할 수 있는 학교 옥상 장면 촬영이 시작되었다. 오후 5시 정도가 되자 어제 현우가 본 절경이 펼쳐졌다. 그리고 이 장면을 담기 위해 뮤직 비디오 제작팀은 모든 장비를 총동원했다.

촬영 준비가 완료되었다.

붉은 노을이 오키나와의 푸른 하늘로 스며들어 장관을 연출했다. 학교 옥상 뒤쪽으로 펼쳐져 있는 오키나와의 해변과 바다도 노을로 물들어 있었다.

카메라로 뷰를 확인한 연출 감독도 엄지를 들어 보이고 있다. 그리고 옥상으로 멤버들이 모였다.

"운동장 군무 장면처럼 한 번에 끝내봅시다!"

"네, 감독님!"

연출 감독이 먼저 파이팅을 외쳤고, 촬영이 시작되었다.

그때였다. 드르륵 때마침 핸드폰이 울렸다. 손태명이었다. 관계자들 틈에서 멤버들을 보고 있던 현우는 슬며시 옥상 계단으로 걸음을 옮겼다.

"응, 나야. 좀 알아봤어?"

─S&H는 S&H야. 걸즈파워 아시아 투어 강행한다고 벌써 기자들한테 관련 자료 다 뿌려놨더라.

"엘시는? 엘시에 관한 건?"

─발목 부상으로 이번 투어 빠진다고 둘러놓은 것 같아.

"그래?"

현우는 마른 입술을 축였다. 평범하면서도 가장 그럴듯한 해명이었다. 하지만 문제는 과연 언제까지 엘시의 잠적 사실을 숨길 수 있느냐는 것이다. 현우가 생각하기에 엘시는 연예계 은퇴까지 생각하고 있는 것 같았다.

이장호 회장과 S&H가 아직 사태의 심각성을 제대로 인지하지 못하고 있는 것 같았다.

—현우야, 그날 밤 어떤 일이 있었던 거야? 엘시가 널 찾아온 이유가 뭔데?

엘시의 개인적인 상처라 현우는 김정우라는 이름의 매니저와 엘시와의 사연은 손태명에게 이야기하지 않았다.

—엘시 사생활도 중요하지만 지금은 우리 어울림이 더 급해. 이장호가 너와 엘시가 단둘이 만났다는 걸 알고 있다면서? 일이 잘 풀리지 않으면 어떻게든 우리 어울림이랑 너를 물고 늘어질 거야. 다른 사람은 몰라도 나는 알고 있어야 하지 않겠어?

"후우, 말하자면 사연이 길어."

현우는 차분히 엘시가 앓고 있는 우울증과 조울증, 그리고 김정우라는 매니저와의 사연을 손태명에게 이야기해 주었다.

—정말 질린다. 나도 한때 S&H에서 일했지만 그건 너무 심했잖아! 엘시가 죄책감이 엄청 클 거야. 자기 때문에 한 사람이 꿈을 잃어버린 거나 마찬가지잖아. 그리고 어린 나이부터

지금까지 자책해 왔을 거 아냐?

좀처럼 화를 내지 않는 손태명이 화를 가라앉히지 못했다.

―현우야, 이건 내 추측인데, 혹시 이장호가 너랑 엘시 사이를 의심하고 있는 건 아니겠지? 김정우라는 매니저 때처럼 말이야. 소속 여자 연예인이 그 늦은 시간에 다른 기획사 앞까지 찾아가서 기획사 대표를 만났어. 만약 이장호가 이 사실까지 알고 있다면 우리도 대비해야 해.

"태명이 네 말대로 가능성은 충분해. 일단 월요일에 이장호 회장을 만나보면 알겠지."

―하아, 너를 옆에서 지켜보고 있으면 가끔은 이런 생각이 들어. 드라마 속 주인공 같다고 말이야. 왜 너한테만 유독 이런 일이 많이 생기는 거야?

현우는 차마 대답을 하지 못했다.

"어쨌든 계속해서 상황을 지켜봐 줘. 언제든지 연락하고."

―오키나와에 계속 있을 거야? 영진이도 있잖아. 내일 당장 한국으로 오는 게 낫지 않겠어?

"아냐. 일정까지 바꿔서 한국으로 돌아왔다는 걸 알면 이장호 회장이 분명 의심할 거야. 그리고 S&H 때문에 일정에 차질 생기는 건 내가 자존심 상해."

―하긴 그렇긴 하네. 아무튼 끝까지 마무리 잘해.

옥상 쪽에서 멤버들이 현우를 찾고 있는 목소리가 얼핏 들려왔다.

"알았어. 애들이 찾는 것 같다. 또 연락하자고."

급히 통화를 갈무리하고 현우는 옥상으로 올라갔다.

"대표님, 저희 또 한 번에 오케이 사인 떨어졌어요! 보실래요?"

"가요! 가요!"

서아라와 전유지가 현우의 양 소매를 잡아끌었다.

촬영감독이 촬영된 영상을 보여주었다. 퀄리티가 어마어마한 작품이 나와 있었다. 노을로 물든 아름다운 오키나와의 저녁 풍경과 멤버들의 비주얼이 절묘하게 조화를 이루고 있었다.

더 이상의 추가 촬영 없이 '소녀K 매직'의 뮤직비디오 촬영이 마무리되었다.

코인 엔터의 백동원 팀장과 매니저들이 오키나와의 유명 철판 스테이크 가게에서 스테이크 도시락을 포장해 왔다.

늦은 점심 식사 겸 휴식 시간을 가졌다.

그리고 노을이 절정에 물들 무렵, 더블 타이틀곡 '소녀는 무대 위에'의 일부 장면 촬영이 결정되었다.

버스를 타고 오키나와의 절경 중 한 곳인 잔파곶이라는 장소로 이동했다. 새하얀 등대가 노을에 물들어 현우 일행을 반겨주었다.

"우아!"

"여기 너무 예뻐요!"

멤버들이 오키나와의 절경을 보며 정말 좋아했다. 그리고 김은정과 함께 사진을 남기느라 정신이 없었다.

잠시 자유 시간을 가지고 등대를 배경으로 아름다운 해안 절벽에서 '소녀는 무대 위에'의 일부 장면을 촬영했다.

다음 날인 일요일 아침부터 더블 타이틀곡 '소녀는 무대 위에'의 촬영이 재개되었다. 이번 뮤직비디오의 콘셉트는 잔파곶의 아름다운 풍경을 어제 촬영한 저녁노을 버전과 오늘 촬영한 아침 햇살 두 가지 버전으로 담는다는 것이다.

잔파곶 주변의 아름다운 풍경을 최대한 활용해 '소녀는 무대 위에'의 뮤직비디오 촬영이 네 시간 만에 끝이 났다.

점심 식사 후 멤버들의 개인 티저 영상 촬영이 이루어졌다. '소녀K 매직'과 '소녀는 무대 위에'의 뮤직비디오가 오키나와의 아름다운 장소를 중심으로 이루어졌다면 티저 영상은 오키나와 시내를 중심으로 이루어졌다.

뮤직비디오 제작팀은 최대한 멀리서 오키나와 시내를 돌아다니는 멤버들을 자유롭게 카메라에 담았다.

티저 영상까지 촬영이 완료되자 시각은 정확히 오후 5시였다.

뮤직비디오 제작팀, 후지 TV 관계자들과 함께 현우 일행은 근처 일식집에서 회식을 했다.

멤버들에겐 간단히 저녁만 먹이고 자유 시간을 주었다.

*   *   *

월요일 오전 11시 20분. 현우 일행이 한국으로 귀국했다. 벌써 한국에서는 i2i 멤버들에 대한 관심이 다시 들끓고 있는 실정이었다.

출국 때보다 더 많은 팬들이 공항에 마중 나와 있었다. 기자들도 멤버들의 사진을 찍으며 인터뷰를 따내려 애를 쓰고 있었다.

별 탈 없이 뮤직비디오 촬영을 마쳤다고 간단하게 인터뷰를 한 후 현우는 따로 차를 몰아 강남으로 향했다. 고급 한정식 레스토랑 앞에 하얀색 SUV가 멈추었다. 차 키를 직원에게 넘겨준 다음 현우는 감회에 젖은 얼굴로 주변을 둘러보았다.

처음 이곳에서 이장호 회장을 만났을 때가 기억났다. 막 송지유가 '종로의 봄'으로 인기를 얻고 있을 때였다. 그리고 그때의 어울림은 기획사라고 말할 수 없을 정도로 영세한 규모를 가지고 있었다.

하지만 지금은 달랐다.

송지유는 당당히 탑스타의 반열에 올라 있고, i2i라는 메가

톱급 걸 그룹이 뮤직비디오 촬영을 마치고 데뷔를 앞두고 있다. 어울림도 어울림 엔터테인먼트라는 명칭이 부끄럽지 않을 정도로 탄탄하게 자리를 잡고 있었다.

'밀릴 건 하나도 없어, 김현우!'

스스로에게 다짐을 하고 현우는 걸음을 옮겼다.

드르륵.

문이 열렸다. 그때처럼 똑같은 방, 똑같은 자리에서 이장호 회장이 현우를 기다리고 있었다. 다만 그때와는 공기가 달랐다. 명백한 적의가 방 안을 감돌고 있었다.

넥타이를 바로 매고 현우는 이장호 맞은편에 앉았다. 직원들이 음식을 모두 내올 때까지 두 사람은 아무런 말도 하지 않았다. 아니, 정확하게 표현하자면 말을 주고받을 만한 분위기가 아니었다. 문이 닫히자 이장호가 깍지를 끼며 현우를 물끄러미 쳐다보았다.

현우는 이장호의 시선을 피하지 않았다.

"다연이 어디에 숨겨놓았나?"

이장호의 첫마디에 현우의 눈썹이 꿈틀거렸다.

4장

바람과 함께 사라지다 III

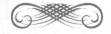

"다연이 어디에 있냐니까?!"

이장호가 현우에게 소리쳤다. 복도를 지나던 직원들이 무슨 일이 생겼나 문을 열어볼 정도였다.

"뭐라 말을 해보게!"

이장호의 얼굴이 붉어져 있다. 현우는 물끄러미 이장호를 쳐다보았다. S&H의 간판인 걸즈파워의 엘시가 잠적했다. S&H의 입장에서 본다면 엄청난 일이 벌어진 것이다.

'하지만 이건 아니야.'

현우는 물이 담겨 있는 컵을 입으로 가져갔다. 컵을 내려놓으며 현우가 입을 열었다.

"오해를 하고 계시는 것 같습니다. 다연 씨가 사라진 것과 저희 어울림은 전혀 관계가 없습니다, 회장님."

"그 말, 책임질 수 있나?"

"물론입니다."

이장호가 양복 안주머니에서 무언가를 꺼내었다. 그리고 테이블 위로 올려놓았다. 순간 현우의 눈썹이 중앙으로 모였다.

사진이었다. 엘시가 늦은 새벽 어울림을 찾아온 날의 모습이 여러 장 찍혀 있었다.

어울림 공터 주차장에 세워져 있는 엘시의 빨간색 스포츠카, 현우가 스포츠카 문을 열고 운전석으로 들어가는 장면, 그리고 둘이 함께 포장마차로 들어가는 장면과 함께 스포츠카가 걸즈파워의 숙소 지하 주차장으로 들어가는 장면까지.

더구나 현우와 엘시의 얼굴이 또렷하게 찍혀 있었다.

"이래도 모른 척할 건가?"

"저와 다연 씨를 미행까지 한 겁니까?"

현우가 딱딱한 얼굴로 되물었다.

"파파라치가 찍어놓은 사진을 우리 쪽에서 거액을 주고 사온 걸세. 하마터면 우리 다연이한테 치명적인 스캔들이 터질 뻔했어. 자네 때문에!"

"그게 왜 제 탓입니까? 그날 밤 다연 씨를 만난 건 사실입니다. 하지만 저와 다연 씨는 회장님이 생각하시는 그런 사이가 아닙니다."

"그걸 내가 어찌 믿나? 야심한 새벽에 젊은 남녀가 만났어. 그리고 우리 다연이는 평소 같은 소속사 남자 연예인들도 꺼리는 아이야. 그런 아이가 왜 자네를 만났겠나? 솔직히 말하게. 무슨 사이인가?"

이장호가 현우를 몰아세웠다. 담담한 표정으로 현우는 이장호를 당당하게 쳐다보았다.

"김정우라는 매니저도 이런 식으로 쫓아내신 겁니까?"

"뭐, 뭐라고?"

이장호가 말까지 더듬었다.

"업계 선배시고 저 역시 한때는 존경하던 분이라 지금까지는 가만히 참고 있었습니다. 하지만 지금 회장님은 도를 넘고 계십니다. 우리 지수, 하마터면 인생 자체가 망가질 뻔했습니다. 이에 관해서 회장님과 S&H는 우리 지수한테 사과 한 번 하신 적 있습니까? 그저 사태를 수습하느라 바빴을 뿐입니다."

꿀 먹은 벙어리처럼 이장호는 아무런 말도 하지 못했다.

"법적으로 책임을 물을 수도 있었습니다. 로펌 변호사도 법적 책임을 묻자고 했지만 저는 참았습니다. 그런데 지금은 다연 씨랑 제가 그렇고 그런 사이라고 일방적으로 오해까지 하

고 계십니다. 제 입장에서는 회장님이 경솔하다는 생각밖에
는 들지 않습니다. 다연 씨가 그날 밤 저를 찾아온 이유는 회
장님과 있던 일들 때문에 힘들다고 하소연하러 찾아온 거였
습니다. 다연 씨가 쉬고 싶다고, 이제 그만하고 싶다고 울면서
말하더군요. 사석에서는 그날 처음 보았지만 다연 씨가 그간
얼마나 마음고생을 했는지 충분히 알 것 같았습니다. 그런데
회장님은 다연 씨를 위해서 무얼 하셨습니까?"

현우의 냉정한 말이 비수가 되어 이장호에게 꽂혔다. 충격
을 받은 이장호는 믿을 수 없다는 표정을 지었다. 평소 자신
한테는 철저하게 사무적이고 차갑던 엘시가 김현우라는 젊은
대표 앞에서 속마음을 털어놓고 울기까지 했다.

"S&H의 회장이기 전에 회장님은 걸즈파워 엘시의 매니저입
니다. 그걸 잊고 계신 겁니까? 다연 씨는 지금 온전한 상태가
아닙니다. 유나 씨가 그러더군요. 우울증 약까지 먹고 있다고
말입니다."

"거짓말 말게! 내가 그걸 몰랐을 리가 없어!"

"아뇨. 모르셨을 겁니다. 다연 씨도 회사에는 이 사실을 숨
겼겠죠. 철저한 비즈니스 관계였으니 말입니다."

"……."

결국 이장호가 침묵했다.

그때였다.

쾅!

문이 거칠게 열리며 곰같이 거대한 체구의 사내가 안으로 들어왔다.

"듣자 듣자 하니 말이 거 너무 심한 거 아냐?!"

현우가 고개를 돌렸다. 그리고 조금은 놀란 얼굴을 했다.

강철태였다. 현우가 과거로 돌아오기 전 S&H 매니지먼트 2팀에서 신참 매니저로 일했을 때 잠깐 악연이 있는 사내였다.

지금은 이지수 사건에 대한 책임을 지고 실장 자리에서 물러났지만, 얼마 전까지만 해도 강철태는 매니지먼트 2팀의 실장으로 그 몸집을 급격히 불리고 있었다.

강철태가 이장호의 옆으로 털썩 주저앉았다.

"회장님한테 무슨 막말을 늘어놓는 거야?! 그래서 엘시가 잘했다는 거야? 아시아 투어를 앞두고 무책임하게 사라져 버렸다고! 이건 명백한 계약 위반이야! 그리고 김현우 대표, 말은 똑바로 하지. 힘들어서 하소연을 하려고 그 늦은 밤에 당신을 만났다고? 누굴 바보로 아나? 당장 엘시 어디에 있는지 말해!"

현우가 피식 웃었다. 다혈질에 앞뒤 가리지 않는 성격은 과거나 지금이나 똑같았다. 이런 인물이 과거로 돌아오기 전 S&H의 대표이사 위치까지 올라갔다는 게 신기하게 느껴졌다.

"웃어? 지금 웃어?"

"회장님한테 충분히 설명했습니다. S&H에서 소속 연예인 관리를 제대로 못 해서 벌어진 일입니다. 왜 애꿎은 사람을 붙잡고 억지를 부리는지 이해가 되지 않습니다."

"뭐? 억지를 부려?"

강철태의 얼굴이 새빨개졌다. 이장호는 계속 침묵을 고수하고 있었다. 아니, 방관하고 있었다.

강철태가 사진을 들고 비릿한 미소를 머금었다.

"언론에 이 사진 뿌려 버리면 어떻게 될까? 김현우 대표 당신 입장도 여러모로 곤란해질 텐데? 안 그래?"

현우는 이번에도 피식 웃어버렸다.

"사진을 뿌리든 뭘 하든 상관하지 않을 테니까 마음대로 하시죠. 그 사진 뿌리면 저희 어울림 엔터테인먼트도 최대한 성의 있게 대응하겠습니다. 아, 대응할 필요도 없겠네요. 다연 씨랑 새벽에 만나서 술 한잔했다 말하고 저야 작은 스캔들 하나 터지면 그만입니다. 하지만 걸즈파워나 S&H 쪽에서는 대형 스캔들이 터져 버리겠군요. 주가도 내려가고 볼만하겠습니다."

현우는 마음껏 강철태를 비웃어주었다.

사진 공개? 찝찝하겠지만 어울림과 현우 입장에서는 가벼운 스캔들로 끝날 일이었다. 하지만 S&H는 입장이 달랐다.

이 사진이 공개되는 순간 걸즈파워의 인기는 곤두박질칠 것이고 덩달아 주가도 내려가게 된다.

S&H 입장에서는 치명타 수준이다.

"이 새끼가!"

강철태가 결국 욕설을 내뱉었다. 기분이 나쁠 법도 했지만 현우는 개의치 않았다. 강철태는 본래 이런 사람이었다.

현우는 젓가락을 들어 참치 뱃살 한 점을 입으로 가져갔다. 그런 다음 탁 소리가 나게 젓가락을 테이블에 내려놓았다.

"저번 식사는 회장님이 사주셨으니 오늘 계산은 제가 하겠습니다. 바빠서 먼저 일어나 보겠습니다. 그럼 맛있게 식사하시길."

현우는 뒤도 돌아보지 않고 방을 나왔다.

"회장님, 저 자식 저거 손 좀 봐야 합니다! 이렇게 참고만 계실 겁니까?"

"조용히 하게. 김현우 대표 말대로 어울림은 지금 손해 볼 게 없어. 마음이 급한 건 우리야. 모르겠나?"

이장호가 심각한 얼굴을 했다. 혹시나 엘시가 어울림 엔터테인먼트의 젊은 대표와 모종의 거래가 있을까 한 가닥 희망을 품었지만 사실이 아닌 것 같았다.

회장이기 전에 매니저여야 한다는 젊은 대표의 일침이 계속해서 머릿속을 헤집고 돌아다녔다. 그리고 이장호 역시 걸즈파워의 초장기 매니저이던 김정우라는 인물이 주홍글씨처럼 가슴속에 남아 있었다.

이장호는 말없이 술잔을 들이켰다. 그리고 그 옆에서는 강철태가 분노에 찬 얼굴로 현우가 사라진 방향을 노려보고 있었다.

＊　　　　＊　　　　＊

송지유의 정규 1집 마무리 앨범 '가을이라서'가 돌풍을 일으키고 있었다. 며칠 인기를 끌다가 음원 차트에서 서서히 내려가리라고 예상한 가요계 관계자들의 예상은 또 한 번 보기 좋게 빗나가 버렸다.

'가을이라서'가 음원 공개 하루도 되지 않아 음원 차트 1위를 싹쓸이했다. 그리고 어울림의 첫 프로젝트 걸 그룹 i2i의 데뷔가 임박해 있는 실정이다. 이러다 보니 몇몇 기획사에서는 아예 소속 가수들의 활동과 음원 공개를 무기한 미루고 있었다.

어울림도 상황은 비슷했다. 마무리 앨범의 선전에 i2i의 데뷔를 일주일 정도 늦춰야 했다.

"정호 형님도 대단하긴 하시다. 또 1위네."

"종로의 봄도 엄청 좋았잖아요. 그런데 저는 애가 타요. 우리 애들 빨리 무대에 올라가서 활동하는 게 보고 싶거든요, 태명 형님."

"갓 지유를 탓해야지 누굴 탓하겠어, 영진아."

손태명과 최영진이 3층 사무실에서 대화를 나누고 있었다. 다른 기획사 관계자들이 듣는다면 행복한 고민을 하다며 투정을 부리겠지만 손태명과 최영진은 진심이었다.

"지유한테 그대로 전해줄까?"

현우가 손태명과 최영진의 뒤쪽에서 나타나며 말을 걸었다. 손태명과 최영진이 화들짝 놀랐다.

"농담이지, 농담. 지유가 잘되는 게 우리가 잘되는 건데 내가 진심으로 그러겠어? 그래도 지유한테는 비밀이다?"

"현우 형님, 저 좀 살려주세요. 요즘 들어 지유 씨랑 조금씩 친해지고 있어요. 형님이 이르시면 다 물거품이 될 거예요."

손태명과 최영진이 엄살을 부렸다.

"어떻게 대표인 나보다 지유 눈치를 더 보는 것 같아."

현우가 피식 웃으며 사무실 의자에 앉았다. 그리고 손태명에게 물었다.

"티저 영상이랑 뮤직비디오 공개는 언제야?"

"티저 영상은 다음 주 목요일 낮 12시에 공개될 거야."

"뮤직비디오는?"

"다음 주 목요일 저녁 6시? 금요일부터 KBN 음방 잡혀 있으니까."

"괜찮네."

"오늘 시청 간다며?"

손태명이 현우에게 물어왔다.

"가야지. 바로 지유 데리러 갈 거야."

"서울시 로고송은?"

"완성했다고 하더라. 벌써 편곡까지 다 했다던데?"

"빠르네. 선생님들한테 여러모로 배우길 잘한 것 같다."

"당연하지. 지유 데리러 가볼게. 수고해라. 영진이는 아이들 픽업해서 꼭 운동시키고."

"네, 형님."

초록색 밴 봉식이가 서울 시청에 도착했다. 현우와 송지유 가 내리자마자 기자들이 몰려들었다.

현우는 오랜만에 말끔하게 슈트를 갖춰 입은 상태였다. 송 지유도 하얀색 정장 투피스에 검은색 하이힐로 성숙미를 뽐 내고 있었다.

"송지유 씨, 이쪽으로 포즈 좀 잡아주세요!"

"대표님, 조금만 더 웃어주세요!"

기자들의 요구 사항이 쏟아졌다. 현우와 송지유는 능숙하 게 기자들 앞에 서서 포즈를 잡아주었다. 뒤이어 시청 고위

공무원들이 현우와 송지유를 시청 건물 안으로 안내했고, 기자들이 우르르 따라붙었다.

백현섭 서울 시장이 기자들 앞에서 송지유와 악수를 나누었다. 그리고 청소년 홍보대사를 증명하는 임명장과 함께 기념사진을 찍었다.

그리고 모두가 기대하는 서울시 로고송이 공개되었다. 수많은 기자들 앞에서 송지유가 클래식 기타를 들고 라이브로 서울시 로고송을 불렀다.

심플하면서도 상낭한 느낌의 곡에 서울시의 모든 관계자가 흡족해했다. 현우 역시 마찬가지였다.

서울 시청에서의 스케줄을 마치고 현우는 송지유와 함께 홍인대학교로 향했다. '그와 그녀의 흔한 첫사랑'의 고사가 영화 촬영 장소로 섭외된 홍인대학교에서 예정되어 있었다.

"오빠."

문득 송지유가 현우를 불렀다.

"응, 말해."

"S&H 사람들은 왜 만난 거예요?"

송지유가 조심스레 물어왔다.

어울림과 관련된 거의 모든 이야기를 송지유와 공유하는 현우였다. 하지만 이장호 회장과 만난 그날의 일에 대해서는 좀처럼 입을 열지 않고 있었다. 송지유는 궁금했다.

"오빠, 내가 알면 안 되는 일이에요?"

"음⋯⋯."

현우는 잠시 고민했다. 늦은 새벽에 엘시를 만났다는 이야기를 하면 송지유가 왠지 서운해할 것 같다는 생각이 들었다. 그래서 손태명도 알고 있는 이야기를 차마 송지유에게는 하지 못했다.

"화 안 낼 거지?"

"내가 화날 만한 일인가요?"

"어쩌면?"

송지유가 팔짱을 꼈다. 그러더니 도도한 얼굴을 했다.

"화낼지 안 낼지는 들어보고 결정할래요."

"하하, 송지유다운 대답이다. 간만에 커피나 한잔하자."

근처 한강 주차장에 밴을 세웠다. 그런 다음 산책로 앞 편의점에서 캔 커피 두 개를 샀다.

철컥.

운전석으로 올라탄 현우는 송지유에게 캔 커피를 내밀었다. 송지유가 캔 커피를 홀짝였다.

현우는 잠시 뜸을 들이다 입을 열었다.

"지유 네가 우리 집에 놀러 온 날 새벽에 엘시를 만났어."

"엘시 선배님요?"

송지유가 눈살을 찌푸렸다. 괜스레 현우는 움찔했다.

"괜찮으니까 계속 말해봐요."

왠지 모르게 한기가 느껴졌지만 현우는 계속해서 이야기를 이어갔다. 둘이 포장마차까지 갔다는 말이 나오자 송지유가 다시 팔짱을 끼며 현우를 노려보았다. 그러다 엘시와 김정우라는 매니저와의 사연을 듣고 난 다음부터는 안타까운 얼굴을 했다.

그리고 현우는 이장호를 만나 나눈 이야기까지 전부 해주었다.

"그래서 이장호 회장이 나를 찾아온 것 같아. 내가 엘시랑 그렇고 그런 사이라 의심하고 싶었던 거지. …지유야?"

현우가 운전석에서 몸을 돌려 송지유를 쳐다보았다. 송지유는 골똘히 생각에 잠겨 있었다.

"오빠, 그러면 엘시 선배님은 이제 어떻게 되는 거예요?"

"나도 그걸 모르겠어. 하지만 걸즈파워는 S&H의 돈줄이나 마찬가지야. 엘시도 그렇고. S&H에서 섣불리 대응하지는 않을 거야. 최대한 엘시를 찾아내려 하겠지. 언론에는 잠적 사실을 숨기려 할 테고."

"그렇겠네요."

송지유의 표정이 어두웠다. 엘시와 깊은 친분이 있는 건 아니지만 '해피 프렌즈' 녹화가 있던 그날 밤 엘시와의 기억들을 송지유는 잊지 않고 있었다.

"걱정돼?"

"네. 한 번 만나봤지만 엘시 선배님, 좋은 사람 같았어요."

"후우, 그러게 말이다. 나도 내내 신경이 쓰여. 그날 내가 더 이야기를 들어줬더라면 상황이 바뀌지는 않았을까 하는 생각도 들고. 여러모로 아쉬워."

"오빠, 고마워요."

갑자기 송지유가 고맙다고 말했다.

"갑자기 왜 고마운데?"

"항상 내 생각부터 해주고 항상 내 편이 되어주잖아요. 못되게 굴어도 지금처럼 웃기만 하고."

순간 현우는 울컥했다. 소속 연예인이 매니저의 가치를 알아봐 주는 것만큼 고마운 일이 없다. 또 한편으론 가슴 한쪽이 간질간질하기도 했다.

"송지유가 이제는 어른이 다 됐구나."

"그런가 봐요."

"정규 1집 활동도 끝났겠다, 쉬고 싶을 텐데 추가 스케줄이 몇 개 잡혔어. 맥주 광고 하나랑 냉장고 광고 찍을 거야. 그리고 캔 커피 광고도 잡히긴 했는데 문제는 나도 출연해야 할 것 같아."

"오빠도요?"

송지유가 살짝 웃었다.

"캔 커피 개론인가 뭔가 하는 것 때문에 그런 것 같아. 골치 아프게 된 거지."

"재밌겠어요. 오빠 그 바보 같은 표정 또 보겠네요?"

"너야 재밌겠지. 아무튼 캔 커피 광고는 1년 계약에 모델료로 6억 받기로 했어. 맥주 광고는 2년 계약에 14억이고 냉장고 광고는 1년 계약에 10억."

"모델료가 그렇게 많이 올랐어요?"

"솔직히 말하면 많이 오른 건 아니지. 지유 지금 네 인기면 오늘처럼도 재계약 들어가야 맞아. 로데 주류 쪽에서도 그게 미안했나 봐. 새로 출시하는 맥주 광고 모델료는 두둑하게 챙겨주더라."

"신기해요."

"나도 신기하긴 해. 진짜 갓 지유가 맞나 보다."

오늘처럼 광고 계약을 맺을 때만 해도 송지유의 1년 광고 모델료는 평균 5억 선이었다. 하지만 단 몇 개월 만에 몸값이 무려 평균 7억 선으로 2억이나 올라 버렸다.

"근데 왜 모델료가 조금씩 다른 거예요, 오빠?"

"브랜드 가치 때문이야. 캔 커피 광고보다는 로데 주류에서 출시하는 맥주 브랜드 가치가 조금 더 높게 평가받은 거지. 냉장고 광고도 그렇고."

"그렇구나."

송지유가 고개를 끄덕거렸다.

"고맙다, 송지유."

"뭐가요?"

"네 덕분에 돈 쓸어 담고 있잖아. 그러니 고맙지."

"그러니까 더 잘해요. 새벽에 괜히 여자 만나지 말고."

"어? 너 뭔가 어감이 좀 그런데?"

"몰라요. 고사 시간에 늦겠어요. 빨리 가요."

송지유가 홱 토라졌다. 그리고 그 모습이 귀엽기만 해서 현우는 피식 웃고 말았다.

*　　　　*　　　　*

송지유와 함께 홍인대학교 정문으로 들어섰다. 한참 학기 중이라 캠퍼스에는 학생들이 정말 많았다. 초록색 밴 봉식이를 알아보고 홍인대학교 학생들이 근처까지 몰려들었다.

"송지유! 송지유다!"

"갓 지유! 파이팅!"

홍인대학교 학생들은 동문답게 밴에 달라붙는다거나 길을 막지 않았다.

"안녕하세요! 오랜만이에요!"

송지유도 창문을 내리고 손을 흔들어주었다.

스르륵.

얼굴을 비추고 다시 창문이 올라갔다. 현우가 백미러를 통해 송지유를 물끄러미 쳐다보았다.

"휴학한 거 아쉽지 않아?"

정규 1집 앨범 활동이 길어지고 영화 출연까지 겹치는 바람에 한 학기 휴학을 했다. 현우는 내심 미안했다. 그래도 대학 생활만큼은 보통의 학생들과 다르지 않게 보내게 해주고 싶었다.

송지유가 고개를 저었다.

"내년에 복학할 거잖아요. 상관없어요. 우연히 영화 출연을 결정하기는 했지만 조금 기대가 돼요."

"언제는 연기가 너무 어렵다며? 이제 생각이 좀 달라졌어?"

"노래는 3분 동안만 관객들과 감정을 나누고 소통할 수 있는 거잖아요. 그런데 연기는 조금 달라요. 배역에 몰두하다 보면 노래를 부를 때와는 또 다른 감정을 느끼는 것 같아요."

"또 다른 느낌? 구체적으로 말해봐. 나는 도저히 모르겠다."

"내가 다른 사람이 되는 것 같은 느낌이요. 미주가 나 같고 내가 미주 같고 그래요."

"그래서 요즘 순둥이가 된 거였어? 이럴 줄 알았으면 미주 말고 지혜 역을 맡을 걸 그랬다."

"순둥이 같아서 좋아요?"

송지유가 은근히 물어왔다. 뼈가 있는 질문이었기에 현우는 백미러로 송지유의 분위기를 살폈다. 여기서 말을 잘못하면 등짝 스매싱이 날아올 수 있었다.

"원래 송지유도 좋은데 순둥이 송지유도 나쁘지는 않다."

말하면서도 내심 현우는 기대(?)하고 있었다. 하지만 의외로 송지유가 고개를 끄덕거렸다.

"알았어요."

고사는 홍인대학교 아트홀 전시관에서 이루어졌다. 아트홀 무대 위로 '흥행 기원! 300만 돌파! 가자! 아자! 아자!'라는 문구가 적힌 현수막이 걸려 있었다. 그리고 그 밑으로는 창성영화사 대표 박창준이라는 자그마한 글씨가 쓰여 있었다.

촌스러운 아재 감성에 현우가 피식 웃었다. 아트홀에는 김성민 감독과 박창준 대표를 비롯한 주요 영화 제작진이 모여 있었다.

"안녕하세요, 대표님! 지유 씨도 안녕하세요!"

매니저 두 명과 함께 지혜 역을 맡은 배우 진세영이 뒤쪽에서 인사를 하며 나타났다. 매니저 중 30대 후반으로 보이는 사내 한 명이 현우에게 다가와 명함을 건넸다.

"이기혁 실장으로부터 이야기 많이 들었습니다. 플래시즈 배우 전담 1팀 실장 손준식입니다. 우리 세영 씨 잘 부탁드리겠습니다."

"어울림의 김현우입니다. 우리 지유야말로 잘 부탁드리겠습니다. 영화도, 연기도 처음입니다."

현우도 명함을 건네며 악수를 했다.

뒤이어 남자 주인공 김정훈 역의 송민혁이 나타났다. 담당 매니지먼트도 없어 송민혁은 혼자였다. 김성민 감독과 반갑게 인사를 주고받은 송민혁이 바로 현우에게로 뛰어왔다.

"대표님, 오랜만이네요. 잘 지내셨죠? 세영 씨랑 지유 씨도 오랜만이네요."

송민혁이 부드러운 미소를 머금고 말했다.

"기분은 어때요?"

현우의 질문에 송민혁이 머리를 긁적였다.

"떨리네요. 김성민 감독님도 그렇고 저도 첫 상업 영화잖아요. 그러고 보니 세영 씨랑 지유 씨도 첫 영화네요. 하하! 괜히 저만 떨린다고 엄살을 부렸네요."

"아니에요. 저도 떨려요. 드라마랑 영화는 많이 다르다고 들었거든요."

진세영이 입을 가리며 웃었다.

송지유는 짤막하게 인사만 나눌 뿐 별다른 말 없이 주변을 둘러보고 있었다.

"왜? 지유야?"

"유희 언니 아직 안 왔어요."

"서유희 씨?"

현우도 송지유를 따라 아트홀을 둘러보았다. 고사 시간이 10분도 남지 않았는데 서유희가 보이지 않았다.

현우의 시선이 자연스레 손준식 실장에게로 향했다.

"서유희 씨는 어디에 있습니까?"

손준식 실장과 따라온 젊은 매니저가 어리둥절한 얼굴을 했다. 서유희가 어디에 있는지를 왜 자신들에게 묻고 있냐는 표정이다.

"서유희 씨, 플래시즈 엔터테인먼트 소속 배우 아니었습니까?"

"아닙니다. 저희랑 협약을 맺고 있는 극단 배우이긴 한데, 정식 계약이 아니라서 말입니다."

또 똑같은 말을 하고 있다.

때마침 아트홀 입구로 서유희가 나타났다. 본인도 늦은 걸 알았는지 정신없이 뛰어오고 있었다.

"죄, 죄송합니다, 실장님! 늦었어요!"

서유희가 숨을 몰아쉬며 손준식에게 고개를 숙여 보였다. 뒤늦게 현우와 송지유를 발견한 서유희의 얼굴이 밝아졌다.

"대표님이랑 지유 씨도 있었네요? 제가 좀 늦었죠? 아닌가? 다행히 딱 맞춰서 온 거 같네요."

밝게 웃으며 말을 하다가 서유희가 현우의 눈치를 살폈다.

현우의 표정이 그다지 좋지 않았다. 진세영이 덩달아 미안한 얼굴을 했다. 어색해진 분위기에 손준식 실장이 뭐라 말을 하려는 찰나 김성민 감독이 입을 열었다.

"고사 지내는 게 장난입니까, 지금?"

"죄송합니다, 감독님. 길이 막혀서 버스 타고 오다가 중간에 내려서 지하철 타고 오는 바람에……."

서유희가 쩔쩔맸다.

"아뇨. 그쪽 말고 플래시즈 매니저님들에게 하는 말입니다. 서유희 씨도 플래시즈 소속 배우 아닙니까? 오토바이를 타고 오는 것도 아니고, 자리 하나 내주기가 그렇게 어려워요? 내가 만만하게 보입니까? 고사 시간 지각하면 영화 좆 친다는 속설도 모릅니까? 드라마랑 영화랑 구분 못 합니까?"

김성민 감독은 싸늘했다.

드라마 메인 피디와 영화감독은 가지고 있는 권한과 힘 자체가 비교도 되지 않는다. 피디는 말 그대로 방송국의 월급쟁이 직원일 뿐이다. 드라마 시청률이 잘 나오지 않으면 경력에 흠은 가겠지만 그렇다고 방송국을 나갈 정도는 아니다.

하지만 영화는 달랐다. 크랭크인 날짜가 정해진 이상 투자를 받은 감독은 막강한 힘을 가지게 된다. 당연했다. 영화가 흥행에 실패하면 모든 책임은 감독에게로 돌아간다. 그리고 그 책임 속에는 백여 명에 가까운 스태프들이 있고, 영화 제작사와 투자사, 투자자 등 모든 사람이 포함된다.

사람 좋은 감독? 친절한 감독? 이건 영화판을 제대로 알지 못하는 사람들이나 할 만한 이야기였다. 영화판에서 오래 살아남은 사람일수록 김성민 감독같이 냉정하고 칼 같은 감독들을 선호한다. 까다롭긴 해도 믿고 따를 수 있기 때문이다.

"사, 사과드리겠습니다, 감독님. 저희가 생각이 짧았습니다."

손준식 실장과 젊은 매니저가 크게 당황하며 사과를 해왔다. 그러더니 뒤늦게 서유희의 상태를 확인했다.

청바지에 하얀색 셔츠를 입고 왔는데 땀에 젖어 검은색 속옷이 훤히 비쳤다. 손준식 실장은 아차 싶었다.

"서유희 씨, 일단 옷부터 갈아입어요. 지하 주차장에 밴 안에 세영 씨 옷이 좀 있을 겁니다. 네가 모시고 다녀와."

젊은 매니저가 서유희에게로 다가가려는 순간 현우가 말을 꺼냈다.

"지하 주차장까지 갔다 오려면 시간이 꽤 걸릴 겁니다."

현우의 말에 플래시즈 엔터의 젊은 매니저가 주춤했다.

"유희 언니, 저랑 같이 화장실 다녀와요."

송지유가 서유희의 팔짱을 끼고 화장실로 사라졌다. 어색해진 분위기에 진세영이 울상이 되었다. 어찌 되었든 실장과 매니저 때문에 김성민 감독에게 좋지 않은 인상을 남긴 것이다.

손준식 실장과 매니저도 김성민 감독의 눈치만 보고 있었다.

"현우 씨, 가죠."

"예, 감독님."

현우는 김성민 감독을 따라 아트홀 무대로 올랐다.

"감독님, 잘하셨습니다."

"뭐 당연한 일이었어요. 드라마도 아니고 영화 고사가 코앞인데 늦는 경우가 어디 있습니까? 차에 자리 하나 내어주면 그만인데 말입니다. 그런데 서유희 씨, 플래시즈 소속 아닙니까, 현우 씨?"

"플래시즈 측에서 이야기하는 걸 보면 정식 계약은 하지 않은 것 같더군요."

"이래서 연예 기획사 쪽 사람들은 정이 가지를 않습니다. 네 것 내 것 구분이 심할 정도로 철저해요. 물론 현우 씨는 빼고 하는 이야기입니다."

"그래도 저는 좋게 봐주시니 다행이네요."

"당연한 거 아닙니까?"

김성민 감독의 말에 현우가 빙그레 웃었다.

'그와 그녀의 흔한 첫사랑'에 출연하는 모든 배우와 제작진이 아트홀 무대로 올랐다. 그리고 고사 3분 전, 송지유가 서유희를 데리고 나타났다.

현우가 살짝 웃었다. 송지유다운 대처였다.

오늘 송지유의 의상은 하얀색 투피스 정장이었다. 하얀색 정장 상의를 서유희가 입고 있었다. 세미 정장이었기에 서유희의 옷차림과 상당히 잘 어울렸다.

그리고 고사가 시작되었다. 잘 차려진 상에 커다란 돼지머리가 놓여 있다. 김성민 감독이 먼저 절을 하고 돼지 입에 돈을 꽂았다. 뒤이어 주연배우들과 제작진이 차례로 돈을 꽂아 넣었다.

마지막으로 CV E&M에서 불러온 홍보 기자들이 사진을 찍으며 고사가 마무리되었다.

"대표님."

송지유와 함께 무대를 내려가려는데 박창준 대표가 현우를 붙잡았다. 박창준은 곤란한 얼굴을 하고 있었다. 현우는 대충 눈치를 챘다. 제작사 대표가 저렇게 곤란한 표정을 하고 있는 거라면 분명 홍보 일정과 연관이 있을 것이다.

"네, 편히 말씀하세요."

"제작 발표회가 다음 주 수요일로 잡혔습니다."

"그렇습니까?"

제작 발표회. 보통은 영화 개봉을 앞두고 제작 발표회를 열어 대중들의 관심을 끄는 경우가 많았다.

그런데 크랭크인이 시작되기도 전에 제작 발표회가 잡혀 버렸다.

'우리 지유로 관심 좀 끌어보겠다는 거네. 어떻게 보면 일 하나는 정말 잘하는구나.'

현우는 CV E&M의 일 처리에 내심 놀랐다.

"그게… 제작 발표회에서 지유 씨가 노래 한 곡만 불러줄 수 없냐고 CV 측에서 요청해 왔습니다. 그 마무리 앨범 가을 이라서, 그 노래가 괜찮지 않을까 싶기도 하고. 하아, 왜 이런 부탁을 저한테 떠넘겨 가지고. 인생 힘드네요."

박창준이 이제는 송지유의 눈치를 살폈다.

영화 제작 발표회에서 노래를 부른다? 실제로 제작 발표회 에서 선배 배우의 성대모사를 한다거나 간단하게 춤을 춘다 거나 하는 경우는 허다했다.

그랬기 때문에 현우와 송지유는 뭐가 문제냐는 표정을 지 었다. 그러다 동시에 서로를 보며 웃었다.

"저… 대표님? 지유 씨? 반응이……?"

박창준이 어리둥절해했다.

현우와 송지유가 서로를 보며 웃은 이유는 따로 있었다. 현 우도 그랬고 송지유조차도 본인의 위상을 전혀 인지하지 못하 고 있었다.

명실상부 최고의 인기 연예인이 송지유였다. CV 측에서 제작 발표회에서 노래 한 곡을 부탁하기가 상당히 어려울 만했다.

"지유야, 괜찮지?"

"네, 상관없어요."

"아이고, 감사합니다! 고마워요, 지유 씨! 하하하!"

박창준이 크게 웃으며 기뻐했다.

"형, 뭐가 그렇게 좋아?"

"아니야, 성민아. 형이 짐을 하나 덜었다. 하하!"

계속해서 웃고 있는 박창준을 뒤로하고 김성민이 송지유에게로 다가왔다.

"지유 씨, 그동안 노력 많이 했습니까?"

"네, 감독님. 열심히 연기 연습 했어요. 실망시켜 드리지 않을게요."

김성민이 고개를 끄덕거렸다.

"그때는 내가 말이 심했습니다."

"네? 언제요?

송지유가 모르겠다는 얼굴을 했다.

"그 뭐… 두고 보자 어쩌고 하지 않았습니까."

김성민 감독이 어색하고 부끄러운지 괜스레 허공으로 시선을 돌리며 딴청을 했다. 송지유가 보기 드물게 풋 하고 웃었다.

"웃으라고 한 이야기 아닙니다만."

"그걸 마음에 담아두셨어요? 연기 연습 열심히 하라고 말씀해 주신 거잖아요. 감독님 덕분에 연기 연습 열심히 했으니까 용서해 드릴게요. 됐죠?"

"네, 뭐……."

"제작 발표회 때 뵐게요."

송지유가 살짝 고개를 숙이며 현우에게로 왔다.

현우는 송지유를 데리고 봉식이가 주차되어 있는 지하 주차장으로 내려갔다. 봉식이 쪽으로 가까워지자 누군가 대화를 나누는 소리가 들렸다.

조용한 지하 주차장이라 대화 소리가 점점 선명하게 들려왔다.

"서유희 씨, 왜 그렇게 융통성이 없어요? 늦었으면 늦어서 죄송하다고 하면 그만이지 다 보는 앞에서 버스를 타고 오다가 길이 막혀서 지하철을 타고 왔다고, 뛰어왔다고 굳이 그런 말을 할 필요가 있습니까?"

"죄송합니다, 실장님."

"죄송하면 그만입니까? 졸지에 감독님한테 우리 세영 씨만 찍히지 않습니까? 감독님이 어떻게 생각하겠어요?"

"실장님, 그만하세요. 유희 씨가 일부러 그렇게 말한 것도 아니잖아요. 네?"

"세영 씨는 가만히 있어 봐요. 서유희 씨, 눈치가 있어야 이

세계에서 살아남는 법입니다. 알겠어요?"

송지유의 표정이 좋지 못했다. 아니, 싸늘했다.

"내가 가볼게. 넌 여기 있어."

송지유를 봉식이 앞에 세워두고 현우가 코너를 돌았다.

하얀색 밴 앞에 네 사람이 서 있다.

"대, 대표님."

진세영이 깜짝 놀랐다. 손준식 실장은 더 크게 놀랐다. 서유희가 참고 있던 눈물을 주르륵 흘렸다.

"이리 와요."

서유희가 눈물을 훔치며 현우 쪽으로 왔다.

"플래시즈 엔터 쪽 일이니까 모른 척하려고 했습니다. 하지만 서유희 씨가 우리 지유가 출연하는 영화에 출연하는 배우인 만큼 더는 모른 척하지 않겠습니다. 손준식 실장님 입장도 충분히 이해가 갑니다. 김성민 감독님한테 좋은 소리 듣지 못했으니 기분이 좋지는 않을 겁니다. 하지만 애당초 플래시즈 쪽에서 서유희 씨를 조금만 배려했으면 이런 일은 벌어지지 않았겠죠."

"그렇긴 합니다만, 저희 1팀은 늘 인력이 부족합니다. 서유희 씨가 정식 계약을 맺은 배우도 아니고 협약을 맺은 극단 배우까지 챙기려면 저희가 힘듭니다."

현우는 속으로 한숨을 삼켰다. 더 따져봐야 남을 것이 없었다.

"이번에는 운 좋게 배역을 따내긴 했지만 사실 정서 역도 저희 소속 신인 여배우가 따놓은 거였습니다. 그걸 서유희 씨가 빼앗아간 거죠. 그래서 아직까지도 말이 많습니다. 저희도 저희 나름대로 사정이란 게 있습니다, 대표님."

"실장님, 말이 심하잖아요."

진세영이 안절부절못했다.

서유희가 플래시즈 엔터 소속 신인 여배우 대신 정서 역을 따냈다는 이야기는 처음 들었다.

하지만 현우는 이해할 수가 없었다.

그 신인 여배우가 확정적으로 배역을 따낸 것이었다면 김성민 감독이 서유희를 정서 역으로 캐스팅했을 리가 없다. 분명 4차 오디션에서 서유희가 당당하게 따낸 배역이 정서 역이다.

새삼 현우는 연예계의 냉정함에 놀랐다. 푸쉬를 받는 여배우와 그렇지 않는 여배우 간의 대우가 이렇게 확연하게 차이가 났다.

옆에서 서유희는 서럽게 울고 있었고, 손준식 실장은 뭐가 잘못이냐는 표정을 하고 있었다.

현우는 심각하게 고민 중이다.

'하아, 지유한테 혼나려나?'

잠시 걱정이 되었지만 서유희를 보고 있노라니 마치 현우

본인을 보는 것만 같았다. 과거로 돌아오기 전, 현우에게 돌아오는 기회는 단 한 번도 없었다. 늘 불운의 연속이었다. 그리고 서유희도 예전의 현우와 별로 다를 것이 없어 보였다.

현우는 물끄러미 서유희를 쳐다보았다.

'이번 영화가 끝날 때까지만 도와주자. 어려운 일 아니니까.'

마침내 현우는 결심했다. 그리고 서유희를 보며 입을 열었다.

"그럼 서유희 씨는 저희 어울림 엔터테인먼트에서 데려가겠습니다."

"저, 저를요?"

서유희가 멍한 얼굴로 현우를 쳐다보았다. 손준식 실장과 젊은 매니저, 그리고 진세영도 깜짝 놀란 표정이다.

"대표님, 서유희 씨를 데려가겠다는 말씀의 뜻은……?"

"네. 실장님이 생각하시는 그대로입니다."

손준식은 당황스러웠다. 갑자기 어울림 엔터테인먼트의 김현우 대표가 서유희를 데려가겠다고 한다.

손준식은 천천히 서유희를 살펴보았다. 플래시즈 엔터테인먼트에서 푸쉬하고 있는 신인 여배우 진세영에 비하면 여러모로 부족한 게 많았다.

그리고 플래시즈에는 서유희와 같이 연극 무대를 전전하며 무명 생활을 하고 있는 여배우가 널리고 널린 상태였다.

'근데 왜 서유희를 데려가겠다는 거야?'

뭔가가 꺼림칙했다. 3 대 기획사를 빠르게 따라잡고 있다고 평가받는 어울림 엔터테인먼트였다.

'뭔가 있는 건가?'

갑자기 서유희가 다르게 보였다. 하지만 이제 와서 서유희를 붙잡을 수는 없었다. 자존심이 상했기 때문이다.

"서유희 씨, 축하합니다. 김현우 대표님, 앞으로 우리 서유희 씨 잘 부탁드리겠습니다."

꺼림칙하긴 했지만 결국 손준식은 현우의 뜻에 따르기로 했다.

"다음에 뵙겠습니다, 대표님."

손준식과 젊은 매니저가 현우에게 인사를 하고 밴에 올라탔다.

남아 있던 진세영이 현우와 서유희에게로 다가왔다.

"저번 일도 그렇고 제가 더 유희 씨를 챙겼어야 하는데 그러지 못했어요. 죄송해요, 대표님. 유희 씨한테도 미안해요. 영화는 처음이라 저도 요즘 스트레스를 많이 받고 있어서 미처 신경을 못 썼어요."

현우는 물끄러미 진세영의 눈동자를 쳐다보았다. 진심인지 정말로 안타까운 얼굴로 서유희를 바라보고 있었다.

"세영 씨, 매번 미안해요."

"아니에요. 어울림에서 더 잘되시기를 바랄게요. 그럼 대표님, 제작 발표회 때 뵙겠습니다."

"그래요, 세영 씨."

진세영이 밴으로 올라탔고, 하얀색 밴이 지하 주차장을 빠져나갔다.

"……."

"……."

밴이 빠져나간 자리가 유난히도 휑하게 느껴졌다. 서유희는 손가락을 꼼지락거리며 고개를 푹 숙이고 있었다.

'뒤도 안 돌아보고 가는구나.'

현우의 얼굴이 살짝 구겨졌다.

아무리 무명 여배우라고 해도 다른 기획사에서 데려가겠다는데 플래시즈 쪽에서는 눈 하나 깜짝하지 않았다. '서유희 씨, 축하합니다'가 전부였다.

"후우."

길게 한숨을 내쉬었다. 슬쩍 고개를 들어 현우를 살펴본 서유희의 눈동자에 눈물이 고였다.

현우가 한숨을 쉬는 그 모습이 괜히 자신 때문인 것만 같아서였다.

"죄송합니다. 괜히 저 때문에 기분 상하신 것 같아요. 그럼 가보겠습니다. 저 지하철 타고 가면 되니까 이번에는 신경 쓰지 마세요. 아, 이거 지유 씨한테 직접 돌려 드려야 하는데."

서유희가 황급히 입고 있던 하얀색 정장 재킷을 벗었다. 하얀색 와이셔츠가 아직도 젖어 있었다.

재킷을 받아 든 현우는 다시 서유희의 어깨에 재킷을 덮어 주었다.

"감기 걸립니다. 당장 제작 발표회도 코앞이고 첫 촬영도 코앞인데 주연배우가 감기에 걸리면 되겠습니까? 나중에 지유한테 직접 주세요."

"네. 깨끗하게 빨아서 돌려 드릴게요. 감사합니다."

서유희가 꾸벅 고개를 숙이고 몸을 돌렸다. 그리고 터벅터벅 비상계단 입구로 향했다. 가만히 보고만 있던 현우는 어느 순간 피식 웃어버렸다.

"그쪽 아닙니다."

"네? 네!"

서유희가 황급히 몸을 돌렸다. 그리고 주변을 살폈다. 하지만 비상계단 말고는 도무지 어디로 나가야 할지 알 수가 없었다.

"어, 어디로 가면 될까요?"

"따라와요."

현우가 성큼성큼 먼저 걸음을 옮겼다. 그러자 서유희가 종종걸음으로 현우를 따랐다.

"어? 지유 씨?"

초록색 밴 봉식이 앞에 서 있는 송지유를 발견한 서유희가 눈을 동그랗게 떴다. 그리고 현우를 쳐다보았다.

"지, 진심이셨어요?"

"한 입으로 두말하는 취미는 없습니다."

"그렇지만 저 때문에 곤란한 일이라도 생기면 어떻게 해요, 대표님. 저는 괜찮아요."

"어차피 계약도 되지 않은 상태라고 하지 않았습니까? 계약 문제라면 문제될 게 하나도 없어요. 일단 자세한 이야기는 회사 가서 합시다, 서유희 씨."

"그래도……."

"감독님 부탁도 있었습니다. 주연배우 중 한 명이 매니지먼트도 없이 혼자 다니는데 감독님 입장에서는 신경이 쓰일 수밖에 없습니다. 플래시즈에서 서유희 씨를 나 몰라라 하니 어쩌겠습니까? 나라도 나서야 하지 않겠어요? 그러니까 너무 부담 갖지 말아요. 다 우리 영화 잘되자고 하는 일이니까요. 무슨 말인지 알겠습니까?"

"네, 대표님."

두 사람의 대화를 송지유가 가만히 듣고 있다. 그러다 현우와 눈동자가 마주쳤다.

현우가 머리를 긁적이며 어색하게 웃었다. 어쩌다 보니 또

오지랖을 부린 꼴이 되었다.

송지유가 별다른 말 없이 서유희의 손을 잡았다.

"지유 씨?"

"현우 오빠를 믿어보세요. 바보 같긴 하지만."

"그거 칭찬이야, 아니면 욕이야?"

현우가 쓰게 웃었다.

"저랑 같이 타요."

서유희가 황망한 얼굴로 송지유를 따라 밴에 올라탔다. 현우도 운전석으로 올라탔다.

"저… 정말 이래도 될까요? 지유 씨한테도 미안하고."

서유희는 송지유에게 정말로 미안해했다. 하지만 송지유는 전혀 개의치 않는 표정이었다.

"차라리 잘됐어요. 영화 촬영할 때 혼자 다니면 심심할 텐데 유희 언니가 옆에 있잖아요. 저는 언니가 좋아요."

"제, 제가 좋아요? 정말로?"

"네. 언니는 저 싫어요?"

"아, 아뇨! 그럴 리가요! 어떻게 지유 씨가 싫겠어요? 오늘도 지유 씨가 아니었으면 감독님한테 엄청 혼날 뻔했잖아요. 고마워요."

서유희가 마구 손사래를 치며 말했다. 그러더니 살짝 얼굴을 붉히며 입을 열었다.

"그리고 저도 지유 씨 좋아요. 멋있어요."

"언니도 귀여우세요."

백미러로 이를 지켜보던 현우는 어이가 없었다. 둘이서 은근히 죽이 잘 맞았다.

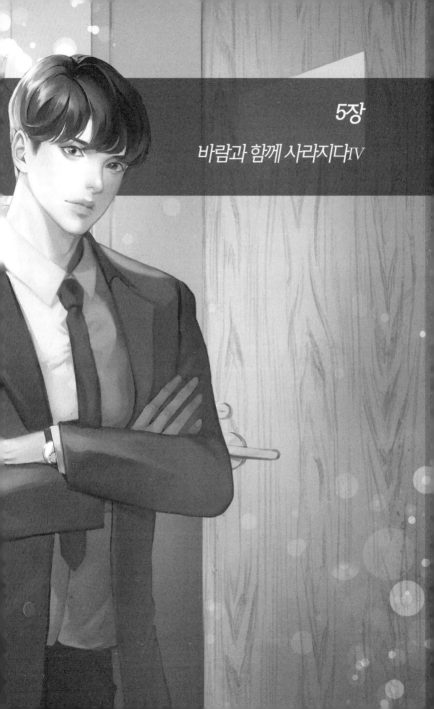

5장

바람과 함께 사라지다 IV

어울림으로 돌아온 현우를 손태명이 기다리고 있었다.

"이기혁 실장님한테 이야기 들었어. 왜 그런 거야?"

손태명이 득달같이 현우에게 잔소리를 쏟아내었다. 그러다 송지유의 뒤편에 서 있는 서유희를 발견하곤 입을 다물었다.

서유희가 손태명을 향해 고개를 숙여 보였다.

"안녕하세요. 서유희입니다. 서, 성함이?"

"아, 어울림 엔터테인먼트 실장 손태명입니다. 방금 전에는 실례했습니다. 아무래도 기획사끼리 엮여 있는 일이다 보니 제 입장에서는 어쩔 수가 없습니다. 그리고 현우 녀석이 워낙에 불도저 스타일이라 저라도 가끔 제동을 걸어야 하거든요."

"태명아, 왜 이렇게 말이 기냐? 그래서 이기혁 실장님이 뭐라고 하시는데?"

"일단 앉자."

어울림 내 1층 카페로 네 사람이 앉았다. 송지유가 직접 커피 머신에서 커피를 만들어 내왔다. 구수한 커피 향이 1층 카페를 휘감았다. 커피를 한 모금 들이켜며 손태명이 입을 열었다.

"이기혁 실장님이 죄송하다고 하시더라."

"실장님이 죄송할 게 뭐가 있어?"

"그래도 이기혁 실장님이랑 플래시즈 가수 전담 팀에서는 네 눈치를 볼 수밖에 없지. 아라가 있잖아, 아라. 그리고 넌 네 위치를 한 번쯤 자각할 필요가 있어. 아직도 네가 그냥 김현우 같지? 이제는 아니야. 어울림 엔터테인먼트 대표라고. 정식 절차도 없이 유희 씨를 무작정 데리고 오면 어떻게 해?"

"그래서 요지가 뭔데?"

"플래시즈 엔터에서 유희 씨랑 정식으로 계약을 맺고 싶다고 하더라."

손태명의 마지막 말에 현우는 눈살을 찌푸렸다. 조용히 앉아 있던 서유희도 화들짝 놀랐다.

길가에 굴러다니는 돌보다도 못한 존재로 여기더니 갑자기 무슨 정식 계약이란 말인가?

"정식 계약? 서유희 씨랑?"

"현우야, 내가 방금 한 말 잊었어? 네 한마디 한마디가 미치는 파급력이 이제는 장난 수준이 아니라니까. 내 입으로 말하기는 그렇지만 네가 발굴한 애들이 지유랑 고양이 소녀들이야. 내 말 무슨 뜻인지 알겠어?"

현우는 기가 찼다. 손태명의 말인즉슨 현우가 서유희를 어울림으로 데려가겠다고 말을 한 순간, 그녀의 가치가 올라갔다는 뜻이다. 플래시즈 엔터가 서유희를 보는 눈이 달라져 버렸다.

"네 한마디 때문에 이렇게 된 거야. 유희 씨한테는 잘된 일이지만 내가 또 네 성격을 잘 알잖아. 어떻게 할 거야?"

손태명이 현우의 눈치를 살폈다.

"생각 좀 해보자."

현우는 팔짱을 낀 채 생각에 잠겼다. 플래시즈 엔터의 처사가 얍삽하긴 하지만 결과적으론 서유희에게는 잘된 일이었다. 플래시즈 엔터랑 정식 계약을 맺는다면 서유희도 진세영만큼은 아니지만 제대로 된 매니지먼트를 받을 수 있을 것이다.

현우가 물끄러미 서유희를 쳐다보았다.

"서유희 씨, 선택은 최대한 서유희 씨한테 이득이 가는 쪽으로 해요."

"유희 언니, 그렇게 하세요."

송지유까지 나섰다.

푹 고개를 숙이고 있던 서유희가 조용히 말을 꺼냈다.

"저는… 대표님과 지유 씨랑 같이 있을래요."

현우가 의외라는 얼굴을 했다.

어울림 엔터테인먼트가 급격하게 성장 중이긴 하지만 배우 매니지먼트에 대해서는 경험이 없었다. 반면 플래시즈 엔터는 배우 소속사 중에서는 업계 세 손가락 안에 드는 대형 매니지먼트였다.

단순히 인기 많은 배우들을 데리고 있다고 해서 쉽게 배우 매니지먼트를 할 수 있는 것이 아니었다. 노래와 춤이라는 나름 정확한 판단을 내릴 수 있는 기준이 존재하는 가수들과 달리 배우들을 평가하는 기준은 항상 애매했다.

물론 송지유처럼 압도적인 미모를 가지고 있다면 모를까, 엇비슷한 외모를 가지고 있는 배우들의 세계는 정말로 치열했다. 연기를 잘해도, 재능이 있어도 소속사가 작아서, 혹은 기회가 없어서 무명 생활을 견디는 배우들이 수두룩했다. 그러니 연예계에서도 가장 탈이 많은 곳이 배우 매니지먼트 쪽이었다.

서유희도 이 점을 모를 리가 없었다. 그러니까 온갖 수모를 당하면서도 플래시즈 엔터와의 끈을 놓지 않고 있던 것이 아닌가.

"진심입니까? 우리 어울림은 가수 기획사이지 배우 기획사가 아닙니다. 어쩌면 플래시즈 엔터의 제안이 서유희 씨에게는 두 번 다시 찾아오지 않을 좋은 기회가 될 수도 있습니다."

"그럴 수도 있을 거예요. 하지만 지금까지 대표님이랑 지유 씨가 항상 대가 없이 저를 도와주셨잖아요. 그런데 플래시즈에서 정식 계약을 하자고 한다 해서 가버리는 건 도리가 아닌 것 같아요."

서유희가 잠시 말을 쉬었다. 그러더니 다시 입을 열었다.

"대표님이랑 지유 씨가 좋아요. 그리고 꼭 보답하고 싶어요. 저 어울림과 계약하겠습니다."

현우가 손태명을 슥 쳐다보았다. 이미 어쩔 수 없음을 깨달은 손태명이 고개를 끄덕거렸다.

플래시즈 엔터 쪽에서 기분 나쁠 수도 있었지만 엄밀히 말하자면 도의적으로 문제될 것은 하나도 없었다.

"그럼 우리 잘해봅시다."

"네, 잘 부탁드리겠습니다."

현우가 서유희를 향해 손을 내밀었다. 서유희도 조심스레 현우의 손을 잡았다.

어울림 엔터테인먼트 소속 배우 1호가 탄생하는 순간이었다.

　　　　　*　　　　　　*　　　　　　*

　'그와 그녀의 흔한 첫사랑'의 제작 발표회가 CV 시네마 압구정 지점에서 열릴 예정이다. 현우는 조수석에 앉아서 핸드폰을 들여다보고 있었다.

　"형님, 오늘 기사 많아요?"

　신호가 걸리자 최영진이 슬쩍 물었다.

　"CV에서 작정을 한 모양이야. 포털마다 온통 우리 영화 기사뿐이야."

　CV E&M에서 이번 영화에 걸고 있는 기대는 결코 작지 않았다. 송지유가 출연하는 영화이기 때문이다. 그리고 송지유 효과로 인해 이미 온라인은 시끌벅적한 상황이었다.

　압구정 CV 시네마에 도착해 지하 주차장에 주차했다. 그리고 CV E&M 쪽 관계자들의 안내를 받아 안으로 들어갔다.

　영화 상영관 하나가 제작 발표회를 위해 무대로 바뀌어 있었다. 관객석에는 벌써 수많은 기자들이 자리를 잡고 있었다.

　현우의 시선이 무대 위로 향했다. 의자들이 놓여 있고 그 뒤편으로 스크린을 다 가릴 정도로 거대한 현수막이 걸려 있었다.

　사회자의 진행 속에 김성민 감독이 먼저 무대에 올랐다. 신인 감독이기에 그다지 큰 박수는 나오지 않았다. 다음으로 남자 주인공 송민혁이 무대로 올랐다. 영화 관련 기자들이 열렬히 그를 환영해 주었다.

검은색 미니 드레스 차림의 진세영이 나타나자 기자들의 박수와 환호성이 쏟아졌다.

"예쁘네."

현우도 순수하게 감탄하며 박수를 쳐주었다. 그리고 환호와 박수로 가득하던 제작 발표회 현장이 순간 긴장감으로 물들었다.

'이제 지유 차례야.'

오늘 제작 발표회를 위해 특별히 더 신경을 썼다.

"송지유 씨! 입장하세요!"

사회자가 더 흥분해 무대 반대편을 향해 소리쳤다. 그리고 드디어 송지유가 무대 위로 조금씩 모습을 드러내었다.

"오오!"

기자들이 사진 찍는 것도 잊고 감탄을 토해내었다.

화이트 드레스를 입은 송지유는 눈이 부실 정도였다.

쇄골과 가슴 어귀가 살짝 드러나는 드레스는 어깨에서부터 환상적인 라인을 자랑하며 아래로 뻗어나갔다. 화려한 느낌보다는 심플한 디자인의 드레스였지만 그 점이 더욱 송지유를 돋보이게 했다. 차가우면서도 고고한 느낌이 물씬 풍겼다.

의상뿐만 아니라 오늘은 헤어와 메이크업에도 더욱 신경을 썼다. 기다란 머리를 한쪽으로 자연스럽게 넘겨 송지유의 가냘픈 목선이 훤히 들여다보이게 연출했다. 또한 포인트로 개나리 문양의 귀고리까지 했다.

뒤늦게 플래시 세례가 쏟아졌다. 송지유가 기자들을 향해 살짝 손을 들었다. 그리고 김은정의 주문대로 살짝 몸을 틀었다. 기자들은 사진을 찍느라 정신이 없었다. 포토 타임은 무려 5분이나 지난 다음에야 마무리되었다.

송지유가 자리에 앉자마자 사회자가 질문을 쏟아내었다. 간단하게 인사만 하고 다음 배우가 등장해야 하는데 자꾸만 시간이 길어졌다.

그사이 현우는 핸드폰을 들여다보고 있었다. 벌써 기자들이 올린 송지유의 드레스 사진이 팬카페 SONG ME YOU를 넘어 수많은 커뮤니티로 퍼지고 있었다.

현우는 일단 팬카페부터 들어가 보았다.

72723 오늘자 드레스 입은 우리 꽃.JPG [드레지유]
여러분! 우리 꽃 드레스 실화입니까? 이 미모 실화입니까?
─장난 없네요! ㄷㄷ [지유바라기]
─미모도 비현실적인데 몸매도 사기. ㅋ [송지유라네]
─진세영 압살당함. ㅋㅋ [국민소녀송지유]

―와, 그동안 일부러 꽁꽁 싸매고 있었어. [연대장송지유]

―여왕님이 팬들을 배려한 거죠. 눈멀까 봐. [고문관송지유]

―갓 지유! 무결점의 여왕. ㄷ [얼굴천재지유]

팬들의 반응이 이렇게 뜨거운데 다른 커뮤니티의 반응이 어떨지는 안 봐도 뻔했다. 현우의 입가에 절로 미소가 지어졌다.

그사이 사회자가 마지막 주연배우인 서유희를 불렀다. 송지유 때와 다르게 기자들의 반응이 시큰둥했다. 서유희가 무명배우이기 때문이다.

하지만 그 시큰둥함은 그리 오래가지 못했다. 온몸에 착 달라붙는 레드 드레스를 입은 서유희가 무대 위로 올라오자 순식간에 이목이 집중되었다.

"저, 저거 서유희 맞아?"

손준식 실장이 두 눈을 의심했다.

평소 알고 있는 서유희가 아니었다. 헤어스타일도 메이크업도 완전히 달라져 있었다. 레드 드레스와 잘 어울리는 레드 립을 바른 서유희는 매혹적이면서도 단아한 매력을 여지없이 뿜어내고 있었다.

"유희 언니, 완전 패션 테러리스트였어요. 몸매도 저렇게 좋으면서 맨날 헐렁한 옷이나 입고 다니고. 하, 억울하다, 억

울해."

　김은정이 괜스레 하소연을 했다. 현우가 피식 웃었다. 조금 손을 본 것뿐인데 서유희는 180도 달라져 있었다. 특유의 단아한 분위기가 자꾸만 시선이 가게 만들었다.

　기자들이 잠시 웅성거리다 사진을 찍기 시작했다. 처음 맞닥뜨리는 환대에 당황한 서유희가 무대 밑 현우를 찾았다.

　현우는 엄지를 척 들어 보였다. 그제야 서유희는 안심하곤 포즈를 잡아주었다.

＊　　　　＊　　　　＊

　딸랑딸랑.

　나무로 된 가게 문에 붙어 있던 작은 종이 손님이 찾아왔음을 알렸다. 청바지에 남방, 그리고 앞치마 차림의 사내가 황급히 주방 안에서 나왔다.

　"손님, 죄송합니다만 아직 오픈 시간이 아닙니다. 지금이 오전 10시 27분이니 33분 남았네요. 저희는 11시에 오픈하거든요."

　"……."

　가게를 찾은 손님은 체구가 작은 여성이었다. 검은 모자에 검은색 마스크를 쓴 여성이 말없이 의자에 앉아 가게 안을 둘러보았다.

"저… 그러면 의자에 앉아서 조금만 기다려 주시겠어요? 제가 차라도 한 잔 내오겠습니다. 어떤 차로 드릴까요?"

"따뜻한 우유에 코코아 열 스푼 넣어서 갖다 주세요."

"코코아요? 하하, 마침 코코아가 있거든요. 운이 좋으시네요."

사내가 몸을 돌려 주방 안으로 들어가려 했다. 그러다 우뚝 걸음을 멈추었다. 밝은 미소를 머금고 있던 사내의 얼굴이 점점 딱딱하게 굳어갔다.

*　　　*　　　*

기자들이 계속해서 서유희를 향해 플래시를 터뜨렸다. 낯선 상황에 당황해하던 서유희도 이제는 자연스럽게 포즈를 취하고 있었다.

"하하! 생각보다 서유희 씨가 기자님들한테 인기가 좋은데요? 자자, 이제 자리에 앉아주시겠어요? 기자님들 수고하셨습니다!"

사회자가 서유희를 의자에 앉게 했다. 서유희에게 마이크가 주어졌다. 서유희는 조금은 생각에 잠긴 표정을 지었다.

"소개 부탁드리겠습니다."

서유희가 살짝 한 손으로 상체를 가리며 고개를 숙여 보였다.

"서유희입니다. 그와 그녀의 흔한 첫사랑에서 정서 역을 맡게 되었어요. 잘 부탁드리겠습니다. 기자님들, 영화 팬 여러분, 너그러이 봐주세요."

기자 한 명이 손을 번쩍 들었다. 사회자가 얼른 기자를 가리켰다.

"저쪽에 계신 기자님, 질문하세요."

"오늘의 핫 연예 뉴스에서 나왔습니다. 어떻게 보면 오랜 무명 생활 끝에 첫 영화에 출연하게 되신 건데요, 각오가 남다르실 거라 생각합니다. 그럼 질문하겠습니다. 영화에 캐스팅된 이유가 뭐라고 생각하십니까?"

상당히 어려운 질문이었다. 현우는 걱정스러운 눈길로 서유희를 쳐다보고 있었다. 서유희가 흘러내리는 머리카락을 뒤로 넘겼다. 그리고 두 손으로 마이크를 쥐었다.

"정서는 흔하고 평범한 인물이에요. 여자 기자님 중에도, 그리고 안전 요원으로 수고하고 계시는 여자분 중에도 정서는 분명히 존재해요. 저 역시 정서라는 인물과 많이 닮아 있다고 생각해요. 평범함, 그 익숙함이 제가 정서 역을 맡을 수 있던 이유 같아요."

"그렇군요."

질문을 던진 기자가 조용히 고개를 끄덕였다. 서유희 역시 남다른 미모를 가지고 있는 여배우였다. 하지만 서유희를 보고 있노라면 왠지 모를 익숙함과 편안함이 느껴졌다. 레드 드레스에 레드 립, 레드 하이힐. 화려하고 매혹적인 분위기를 풍기고 있었지만 편안한 분위기가 퇴폐미와 어우러져 묘한 분위기를 자아냈다.

한마디로 표현하자면 자꾸만 시선이 가는 스타일이었다.

"그럼 한 가지 질문을 더 하겠습니다. 얼마 전 송지유 씨의 SNS가 큰 화제가 된 적이 있습니다. 아시죠?"

"네, 알아요."

서유희가 얼굴을 붉혔다.

"SNS와 고사 현장 관련 사진을 살펴보면 송지유 씨의 옷을 서유희 씨가 입고 계시던데 특별한 사연이라도 있습니까? 그리고 송지유 씨랑은 개인적인 친분이 있으십니까?"

오늘의 핫 연예 뉴스 기자의 질문에 다른 기자들까지 이목을 집중했다. 송지유가 SNS를 하긴 했지만 대부분 팬들을 위한 셀카나 글을 올리는 수준이었다.

누구와 친하고 무엇을 좋아하는지 등 비밀이 많은 송지유였다. 그런데 고사 현장 당일 송지유의 SNS로 서유희와 함께 찍은 사진이 덩그러니 올라왔다. 대중이나 기자들 입장에서는 서유희의 존재가 궁금할 법도 했다.

"그게……."

서유희가 마이크를 내린 채로 잠시 머뭇거렸다. 서유희의 시선이 무대 아래의 현우를 향했다. 현우가 괜찮다며 고개를 끄덕거려 주었다.

"대표님이랑 지유 씨랑은 인연이 깊어요. 여러 번 저를 도와주셨어요. 고사 때도 제가 소속사가 없어서 하마터면 고사 현장에 늦을 뻔했어요. 버스 타고 지하철 타고 막 뛰어왔는데… 옷이 땀에 젖어서 속옷이 조금 보였어요. 그래서 지유 씨가 겉옷을 벗어서 저에게 준 거예요."

기자들이 분주히 기사에 추가할 내용을 적어 내려가기 시작했다.

"그럼 두 분 사이는 정말로 친한 겁니까?"

기자가 또 질문했다. 서유희가 송지유를 슥 쳐다보았다. 애매했다. 늘 도움을 받기만 했다.

송지유가 마이크를 들었다.

"네. 유희 언니랑은 앞으로 친해질 것 같아요. 이제는 저희 어울림 엔터테인먼트 식구이기도 하니까요."

"식구요?! 그럼 서유희 씨가 어울림과 계약을 맺었다는 말씀이십니까?"

오늘의 핫 연예 뉴스 기자가 안경을 고쳐 쓰며 눈을 빛냈다. 무명 배우 서유희가 오늘 유난히 눈에 띄어 송지유 대신 질문을 던져봤는데 생각지도 못한 기삿거리를 얻어내게 생겼다.

"유희 언니는 저희 어울림 엔터테인먼트 소속 첫 번째 배우예요."

제작 발표회 현장에 모인 기자들이 웅성거리기 시작했다. 가수 매니지먼트라 알려져 있는 어울림 엔터테인먼트에서 무명 여배우와 계약을 맺었다.

서유희에게 갑자기 또 플래시가 쏟아졌다. 기사에 쓸 사진을 확보하기 위해 기자들이 갑자기 분주해졌다.

'제법이네, 송지유. 기자들도 적당히 다룰 줄 알고.'

현우가 흐뭇한 얼굴을 했다. 송지유가 무대 아래에 있는 현우 대신 서유희를 대대적으로 홍보해 주고 있었다.

현우는 슬쩍 손준식 실장과 플래시즈 엔터에서 나온 배우 전담팀 관계자들을 살펴보았다. 서유희를 향해 쏟아지는 스포트라이트에 표정들이 썩 좋지 못했다.

오늘 제작 발표회의 주인공은 송지유만이 아니었다. 서유희도 작지만 은은하게 빛을 발하고 있었다.

한참 후에나 마이크가 김성민 감독에게 주어졌다. 기자들이 서유희와 송지유에게 질문을 던지는 데 많은 시간을 할애했기 때문이다.

"으음."

김성민 감독이 목을 풀었다. 영화 잡지 쪽 기자들이 기다렸다는 듯 김성민 감독에게 질문을 시작했다.

"첫 상업 영화인데 소감과 각오가 어떠신지요?"

"소감과 각오라… 기쁩니다. 하지만 영화에 대한 책임감이 더 크게 느껴져서 그리 기쁘지는 않습니다. 하지만 각오는 했습니다. 이번 영화를 통해 저를 믿어주신 분들에게 그 대가를 돌려주고 싶습니다."

"대가요? 하하!"

"보답으로 정정하겠습니다."

김성민 감독 특유의 시니컬한 말투에 기자들이 웃음을 터뜨렸다. 다른 기자가 손을 들었다. 김성민 감독이 기자를 지목했다.

"이번 영화는 '송지유 영화다', '송지유를 빼면 볼 것이 없을 것이다', '120분짜리 송지유 뮤직비디오가 될 것이다'. 이런 영화계의 평가가 대다수입니다. 대중의 반응도 별반 다르지 않을 것이라 생각됩니다. 독립 영화계의 기린아로서 어쩌면 감독님의 필모그래피와는 반대되는 행보가 아닌가 하는 우려도 큽니다. 이 점에 대해서는 어떻게 생각하십니까?"

유력 영화 잡지 '시네마7' 기자의 질문에 화기애애하던 제작 발표회가 정적으로 물들었다. CV. E&M 관계자들은 불편한 기색을 숨기지 않고 있었다.

반면 현우는 담담했다. '시네마7' 소속 기자의 질문은 합당하다는 생각이 들었다. 영화계가 자본에 의해 잠식당하고 있었지만, 아직도 영화의 초기 출발점인 '예술성'에 대한 자존심을 지키고 있는 영화계 인사들도 제법 많았다.

'시네마7'의 기자도 그러한 성향을 가지고 있는 인물 중 한 명일 것이라는 생각이 들었다. 물론 무대 위에 있는 김성민 감독도 기자와 비슷한 성향을 가지고 있는 인물 중 한 명이었다.

'마이크라도 던지시면 난리 나겠는데?'

자기만의 세계가 확고한 사람이 김성민 감독이다.

현우는 조마조마했다. 다행히도 김성민 감독은 피식 가볍게 웃어버렸다.

"상업 영화를 찍는다고 해서 달라지는 건 없습니다. 독립 영화? 좋죠. 훌륭합니다. 하지만 수준 높은 독립 영화만이 시네마라고 불리고 상업 영화를 무비로 규정하는 건 올바른 자세가 아닙니다. 시네마? 무비? 얼마 전에 깨달았습니다. 영화 존재의 이유는 결국 관객들에게 보여주기 위해서입니다. 영화의 첫 시작도 별 볼일 없는 프랑스의 한 작은 카페에서였죠. 제가 이런 말을 하는 게 웃기긴 하지만 영화? 그리 대단한 건 없다고 생각합니다. 송지유 영화? 기분은 당연히 좋지 않습니다. 하지만 지유 씨가 약속했습니다. 노래를 하는 만큼 연기도 하겠다고 말이죠. 저는 지유 씨를 믿겠습니다. 그리고 저 또한 이 자리에서 약속 하나 하겠습니다. 개봉 후에도 송지유 영화라는 평가가 나온다면 영화 접겠습니다."

"네에?!"

기자들이 크게 놀랐다.

"성민아! 이 미친놈아!"

박창준 대표가 아연실색하며 이마를 짚었다. 분위기가 싸해지려는 찰나 송지유가 마이크를 들었다.

"감독님 영화 그만두시면 저희 어울림에서 광고 감독으로 일하시기로 약속했거든요. 그렇죠, 대표님?"

송지유가 현우를 찾았다. 현우가 재빨리 손으로 OK 사인을 보냈다. 기자들은 물론 CV E&M 관계자들도 박장대소했다.

박창준 대표가 가슴을 쓸어내렸다. 반면 김성민 감독은 대체 뭘 잘못했냐는 표정이었다.

"다음부터는 감독님 대신 박 대표님이 올라가시는 게 나을 것 같습니다."

현우는 애써 웃음을 참으며 말했다.

"아이고야. 그래도 지유 씨 때문에 성민이가 말실수한 걸 잘 넘겼네요."

박창준 대표가 안도의 한숨을 내쉬며 말했다.

제작 발표회가 성황리에 끝나고 현우는 밴을 몰아 신림으로 향했다. 밴 안에서는 송지유와 서유희, 김은정이 이야기꽃을 피우느라 정신이 없었다. 현우는 백미러로 송지유와 서유희를 살펴보았다. 서유희가 스물네 살로 송지유보다 네 살 위였다. 하지만 가만히 살펴보면 송지유가 꼭 언니 같은 동생 느낌이 났다. 당연히 서유희는 동생 같은 언니 같았다.

　신림에 도착한 현우는 근처 골목에 주차를 하고 서유희의 집으로 향했다. 저녁 8시가 조금 넘었는데도 고장 난 가로등이 많아 골목이 위험하게 느껴졌다.

　서유희가 열쇠로 집 문을 열어주었다. 반지하 월세 자취방이었는데 곰팡이가 심하고 창문에는 제대로 된 방범창도 존재하지 않았다.

　"음."

　현우가 얼굴을 찌푸렸다. 여배우의 집치고는 너무 환경이 열악했다.

　"조, 조금 많이 지저분하죠? 제, 제가 아르바이트하느라 바빠서 어제 청소를 못 했어요."

　서유희가 얼굴을 붉히며 모기만 한 목소리로 말했다. 송지유와 김은정은 현우를 뚫어져라 쳐다보고 있었다.

　"알고 있으니까 그만 좀 레이저 쏴라."

　"헤헤, 역시 김현우 대표님이시네요?"

"은정이는 조용히 하고, 일단 보자."

현우는 대충 사이즈를 재보았다. 살림이라고 해봐야 옷과 작은 화장대, 그리고 그 위에 있는 화장품 샘플 몇 개가 전부였다.

"유희 씨."

"네?"

"필요한 옷과 화장품 위주로 간단하게 짐을 좀 꾸려봐요. 나머지 짐은 이삿짐센터 불러서 처리하면 되니까."

"지, 짐이요?"

"며칠 호텔에서 묵는 게 좋을 것 같습니다. 숙소는 차차 구하기로 하죠."

"호, 호텔요? 거기 비싼 곳이잖아요. 그리고 저 모아놓은 돈도 없어. 이 집도 보증금 없이 월세만 내고 사는 곳이에요. 이 집도 나쁘지 않아요. 저 괜찮아요."

움츠르드는 몸만큼이나 목소리가 점점 작아졌다.

"우리가 괜찮지가 않아서 그러는 겁니다. 우리 회사랑 정식 계약을 했다고 오늘 기자들 앞에서 말했는데 유희 씨가 이런 곳에서 혼자 살고 있다는 게 알려지면 저 공개 처형 당합니다."

"공개 처형요?"

"악덕 기획사 대표 김현우."

"각성하라!"

송지유가 운을 띄우자 김은정이 마무리를 했다. 현우는 피식 웃으며 고개를 끄덕였다.

"봐요. 이런 말 분명히 나옵니다. 1등 신랑감 이미지에 금 간단 말입니다."

"그런 거라면 제가 조심하면서 살면 되지 않을까요?"

서유희가 진지하게 말했다. 현우가 머리를 긁적였다.

"이미지도 이미지이지만 어울림 엔터테인먼트 1호 배우한테 이런 대접을 할 수는 없습니다. 돈, 아무 걱정 말고 빨리 짐 꾸려요."

"저한테 왜 이렇게 잘해주세요, 대표님?"

원초적인 질문에 현우는 잠시 말문이 막혔다.

"우리 어울림 식구가 되었으니까요. 이 정도면 설득력 있지 않습니까? 그러니까 얼른 짐부터 챙깁시다. 내일부터 정신없이 바빠서 오늘은 좀 일찍 쉬고 싶네요."

"네, 알겠어요!"

서유희가 부랴부랴 짐을 꾸리기 시작했다. 송지유와 김은정도 서유희를 돕기 시작했다. 현우도 정장 재킷을 벗고 양 소매를 걷어붙였다.

"음? 이게 뭐지?"

짐 정리를 하던 중 현우가 검은색 물체를 집어 들었다.

"크네."

무심코 혼잣말이 흘러나왔다.

"뭐가 커요, 오빠?"

송지유가 고개를 돌리다 현우가 들고 있는 검은색 물체를 보곤 싸늘한 표정을 지었다. 어느새 김은정과 서유희도 현우를 쳐다보고 있었다.

뒤늦게 검은색 물체의 정체를 파악한 현우가 당황한 표정을 지었다.

"어? 아, 아니, 오해입니다! 유희 씨, 얘들아, 진짜 오해야! 나는 그냥 옷인 줄 알았다니까?"

*   *   *

'그와 그녀의 흔한 첫사랑' 제작 발표회와 관련된 기사들로 포털 사이트가 온통 도배되어 있었다.

['그와 그녀의 흔한 첫사랑' 제작 발표회 그 생생한 현장!]

[송지유! 정규 1집 앨범 활동 종료 후 첫 공식 석상!]

[드레지유? 국민 소녀의 별명은 어디까지?]

[여신이라 쓰고 송!지!유!라고 읽는다!]

[여왕님은 관대하다! 가수 송지유와 배우 서유희와의 인연!]

[어울림 엔터테인먼트 1호 배우 서유희는 누구?]

[김현우 대표가 발굴한 서유희란 배우는?]

[김현우 대표 또 신성 발굴하나?!]

제작 발표회는 생각보다 반응이 뜨거웠다. 순백의 드레스를 입은 송지유의 사진이 거의 모든 기사마다 실려 있었다. 어떤 기사에는 송지유의 사진만 열 장이 넘을 정도였다.

서유희에 대한 관심도 뜨거웠다. 실시간 검색어 1등을 '드레지유'가 차지했고 2등 '송지유 영화'에 이어 3등을 '서유희'라는 이름 석 자가 차지하고 있었다.

[어울림 엔터테인먼트 1호 배우 서유희는 누구?]

수요일 오후 CVG 압구정 지점에서 영화 '그와 그녀의 흔한 첫사랑'의 제작 발표회가 열렸다. 제작 발표회의 주인공은 단연 송지유였지만 그에 못지않게 서유희라는 신인 여배우가 기자들과 영화 관계자들의 주목을 받았다. 어울림 엔터테인먼트는 송지유의 입을 빌려 서유희를 첫 계약된 배우라고 소개했다. 신인 여배우 서유희가 송지유와 i2i에 이어 어울림 엔터테인먼트 소속으로 어떠한 활약을 펼칠지 그 행보에 궁금증이 쏠리고 있다.

─연기 엄청 잘하는 거 아냐? ㅋㅋ (공감 2,409/비공감 488)

─되게 매력적이네. 뭔가 계속 끌려. (공감 2,105/비공감 193)

—송지유랑 친해서 부럽다. ㅠ (공감 1,980/비공감 212)

—좋은 연기 기대합니다! (공감 1,771/비공감 341)

—어울림 1호 배우라서 서유희도 부담이 클 듯. ㅎ (공감 1,534/비공감 423)

서유희의 관련된 기사에 달린 댓글들도 대체적으로 호의적이었다. 기분이 좋았다.

하지만 검색어 2등이 영 마음에 걸렸다. '시네마7' 영화 기자의 말대로 대중은 '송지유 영화'라고 이미 인식하고 있었다.

송지유 본인에게는 나쁘지 않은 일이었지만 김성민 감독과 다른 배우들한테는 엄청난 부담이 될 수밖에 없었다. 영화 자체를 놓고 보아도 홍보 효과 말고는 그다지 좋은 영향은 없을 것 같다는 생각이 들었다.

'감독님의 역량을 믿어보는 수밖에 없겠지.'

현우는 쓸데없는 걱정을 털어버렸다. 김성민 감독을 굳게 믿고 있기 때문이다.

오전 10시가 가까워지자 식구들이 하나둘 어울림으로 출근했다. 최영진이 가장 먼저 도착했고, 손태명이 오승석과 함께 나타났다.

3층 사무실에 앉아 네 남자는 커피를 마시며 회의를 시작했다. 커피 향과 함께 묘한 긴장감이 감돌았다.

"오늘이 무슨 날인지 다들 알고 있을 거야. 영진아, 오늘이 무슨 날이냐?"

현우가 막내이자 신참 매니저인 최영진에게 바통을 넘겼다. 최영진의 눈동자로 굳은 결의가 엿보였다.

"오늘요? 바로 우리 i2i 아이들이 공식 데뷔하는 날 아니겠습니까? 지난 몇 달 동안 고생한 나날이 주마등처럼 스쳐 지나가네요, 형님들."

최영진의 말 그대로였다. 그간 공을 들인 어울림 엔터테인먼트의 1호 걸 그룹 i2i가 출격을 앞두고 있었다.

6장

복수는 나의 것 I

시골 읍내의 자그마한 가게 안으로 침묵이 감돌고 있다. 앞치마 차림의 사내는 말이 없었다. 조용히 주방으로 들어가 냉장고에서 우유를 꺼내고 주전자에 따른 다음 가스 불 위에 올려놓았다.

딸랑딸랑.

때마침 문이 열리며 예닐곱 살 정도의 여자아이가 모습을 드러내었다.

"아빠! 아빠! 나 왔더요!"

여자아이는 달려가 사내의 허리춤을 껴안았다. 마음껏 응석을 부리더니 여자아이는 테이블에 홀로 앉아 있는 손님을 뚫어져라 쳐다보았다.

"아빠, 저 언니도 아빠 돈가스 먹으러 왔나 봐요. 헤헤."

"딸, 저 언니한테 이것 좀 갖다줄래? 뜨거우니까 손 조심하고."

"네!"

코코아가 담긴 컵을 들고 여자아이가 쪼르르 걸음을 옮겼다. 그러더니 조심조심 테이블 위로 코코아를 올려놓았다.

"맛있게 드세요!"

"고마워."

작은 체구의 여성이 마스크를 벗어 한쪽으로 내려놓았다. 그리고 코코아를 입으로 가져갔다. 여자아이의 눈동자가 커졌다.

"우와! 아빠! 이 언니 되게 예뻐!"

"수연이도 너무 귀엽다."

"어? 언니가 수연이 이름을 어떻게 알아요?"

평온하던 분위기가 일순간 깨져 버렸다. 말없이 서 있기만 하던 사내가 걸음을 옮겨 맞은편 테이블 의자로 앉았다.

"정우 오빠, 오랜만이에요. 수연이도 많이 컸네요."

"아빠랑 아는 언니야?"

김정우의 외동딸 김수연이 고개를 갸웃거렸다. 김정우가 딸

아이의 머리를 쓰다듬었다.

"아빠가 잘 아는 언니야. 수연아, 가서 엄마랑 같이 올래? 엄마가 깨면 수연이가 가장 먼저 보고 싶을 거야."

"알았더요! 언니, 기다려요?"

"응. 어디 가지 않을게."

"네!"

수연이 가게 문을 열고 쪼르르 달려 나갔다.

작은 가게 안에 두 남녀가 테이블을 사이에 두고 마주했다.

"오빠는 그대로네요. 잘 지냈어요?"

"잘 지냈어. 수연이도 잘 크고 집사람도 많이 건강해졌어."

"거짓말."

엘시가 작은 주먹을 움켜쥐었다.

"잘 못 지냈잖아요."

엘시의 눈동자에 조금씩 눈물이 고였다. 김정우가 애써 밝은 미소를 보였다.

"정말이야. 공기도 좋고 물도 좋고 시골 분들 인심도 아주 좋은 곳이야. 가게도 제법 잘되는 편이고."

"미안해요."

"……."

"그때는 너무 어렸어요. 회장님이 모른 척하고 있으면 기자들도 잠잠해질 거라고, 그리고 오빠도 다시 회사로 돌아올 수 있을 거라고 했어요. 무서웠어요. 그래서 아무 말도 못 하고 가만히 지켜보기만 했어요. 미안해요."

"괜찮아. 다 지난 일이야, 다연아."

"어떻게 그게 지난 일이에요? 기획사 차리는 게 오빠의 큰 꿈이었잖아요. 내가 그걸 다 망친 거예요."

"그랬지. 그런데 지나고 보니까 내가 진짜로 원하던 꿈은 아니었던 것 같아. 난 지금이 행복해. 다연아, 정말이야."

엘시가 물끄러미 고개를 들어 김정우를 쳐다보았다. 얼마만의 재회인가. 눈물이 앞을 가려 잘 보이지 않았지만 김정우는 분명 편안한 얼굴로 미소를 짓고 있었다.

"이제 돌아가. 이장호 회장님께서 네가 여기에 온 걸 알면 가만히 계시지 않을 거야. 네가 또 나 때문에 곤란을 겪는 걸 보고 싶지 않다."

"왜 오빠 때문이에요? 회장님이 잘못한 거예요. 오빠도 나도 아무런 잘못이 없었어요. 알잖아요? 난 그저 수연이처럼 오빠를 의지했을 뿐이에요. 오빠는 내 아빠였을 뿐이에요!"

"다연아."

김정우의 목소리가 무거워졌다.

"지나간 이야기는 하지 말자. 나는 이제 한 가정의 평범한 가장일 뿐이야. 하지만 너는 달라. 많은 사람들에게 사랑받는 걸즈파워의 엘시잖아. 매니저로서 너를 옆에서 돕지는 못했지만 난 항상 너를 응원하고 있었어. 돌아가. 네가 곤란한 일을 겪는 걸 또 지켜보기 싫다."

김정우는 이미 엘시의 상황을 눈치채고 있었다. 발목 부상으로 아시아 투어에 빠질 수밖에 없었다는 엘시가 멀쩡한 모습으로 갑자기 이곳을 찾아왔다. 그리고 이장호 회장을 거론하며 눈물을 쏟고 있다. 바보가 아닌 이상 한때 엘시의 매니저로서 지금의 상황을 모를 수가 없었다.

"안 가요! 절대 안 가요!"

엘시가 눈물을 뿌리며 단호하게 고개를 저었다.

"나 여기서 오빠랑 수연이랑 미선 언니랑 있을래요. 오빠, 부탁이에요. 노래 부르기도 싫고 춤추기도 싫어요. 가수라는 거, 이제는 지긋지긋하단 말이에요. 다 버리고 싶어요. 엘시라는 이름도 싫어요. 이제는 이다연으로 살고 싶어요."

김정우의 얼굴이 안타까움으로 물들었다. 밝고 당차던 아이가 많이 망가져 있었다. 벼랑 끝에서 자신을 붙잡고 애원하고 있다.

김정우는 갈등에 휩싸였다. 오래전에도 김정우는 엘시를 위한다는 명목으로 아무것도 하지 않고 S&H를 떠났다. 아니, 사실대로 말하자면 이장호 회장의 협박이 두려워 엘시의 손을 놓아버렸다. 그리고 엘시를 잘 케어하겠다는 이장호 회장의 약속을 믿고 싶었다. 그래서 이곳으로 도망을 와버렸다.

하지만 엘시는 더더욱 망가져 있었고, 지금 이 순간 엘시는 또 자신에게 손을 내밀고 있었다.

딸랑딸랑.

가게 문이 열리고 딸아이가 아내의 손을 잡고 나타났다. 병색이 완연한 최미선이 엘시를 알아보고 환한 미소를 지어 보였다.

"다연아? 다연아!"

"언니!"

엘시가 와락 최미선을 껴안았다. 그리고 펑펑 눈물을 쏟았다.

"미안해요. 미안해요. 정말 미안해요, 언니."

"…다연아, 괜찮아. 다 잊었어. 그리고 나도 미안했어."

최미선이 엘시의 등을 쓰다듬어 주었다. 처음 남편과 엘시와의 사이가 심상치 않다는 소문을 들었을 때만 해도 최미선은 엘시가 죽도록 미웠다. 하지만 모든 것이 그저 오해였음을 뒤늦게야 깨달을 수 있었다.

"잘 왔어, 다연아."

"여보?"

"정우 씨, 다연이 여기에 있게 해주세요. 마침 일손도 부족하잖아요? 내일 단체 손님도 있어요."

"제가 도울게요. 돈가스 만드는 법 내가 가르쳐 준 거였는데 잊지 않았죠?"

"그때랑 지금은 다르지. 나 이제 어엿한 돈가스 가게 사장
이라고."

김정우가 피식 웃으며 말했다.

"와, 이렇게 보니까 대표님이랑 정말 비슷하긴 하네."

"대표님? 누구?"

"있어요. 오빠처럼 좋은 사람."

그렇게 말하고 엘시는 주방으로 가서 앞치마부터 챙겼다.
그 모습을 보며 김정우는 쓴웃음을 머금었다.

＊　　　＊　　　＊

목요일 낮 12시. i2i 멤버들의 개인 티저 영상이 공개되었다.
음원 사이트뿐만 아니라 WE TUBE, 그리고 주요 포털 사이트
에서도 티저 영상을 공개했다. 대대적인 홍보는 i2i를 향한 대
중들의 뜨거운 관심이 더해져 상상 이상의 결과를 불러일으
켰다.

아름다운 오키나와 시내를 배경으로 한 티저 영상은 엄청난
호평을 받았다. 쇼핑을 하거나 길거리 음식을 먹는 등 i2i 멤버
들의 자유분방한 모습에 대중들은 열광했다.

[i2i 본격 데뷔! 티저 영상 공개! 폭발적인 반응!]

'프로듀스 아이돌 121'의 흥행과 더불어 어울림 엔터테인먼트표 걸 그룹으로 큰 주목과 인기를 얻고 있는 i2i가 드디어 티저 영상을 공개했다. 티저 영상은 아름다운 관광지 오키나와를 배경으로 했으며 티저 영상을 통해 i2i 멤버들의 발랄하고 꾸밈없는 모습을 확인할 수 있다. 또한 어울림 엔터테인먼트는 오늘 오후 6시 더블 타이틀곡 '소녀K 매직'과 '소녀는 무대 위에'의 뮤직비디오 또한 공개할 것이라며 공식 입장을 내놓았다.

—드디어! 드디어 i2i 출격! (공감 4,355/비공감 207)

—티저 퀄리티 죽임! 빨리 ㄱㄱ (공감 4,120/비공감 313)

—뮤직비디오도 얼른 공개 좀. ㅠㅠ (공감 3,928/비공감 191)

—갓 부기가 돌아왔다! (공감 3,853/비공감 247)

—신곡 궁금하다. ㄹㅇ (공감 3,666/비공감 215)

—토요일 음방 본방 사수! (공감 3,128/비공감 197)

"좋아. 아주 좋아."

사무실 책상에 앉아 현우는 연신 고개를 끄덕거리고 있었다.

"현우 형님, WE TUBE도 장난 아니게 올라가는데요?"

노트북을 들여다보고 있던 최영진이 호들갑을 떨었다. 그

옆에 앉아 있던 손태명이 의자를 당겨 현우에게 붙었다.

"솔이 티저 영상만 벌써 22만 뷰야."

"그다음은?"

"하나 티저 영상이 18만 뷰고 지수랑 수정이, 지연이도 15만 뷰 벌써 넘었어."

"역시."

예상대로였다. 센터 이솔의 티저 영상 조회 수가 가장 높았다. 그다음으로는 비주얼 센터라 불리는 배하나가 두 번째로 높은 조회 수를 기록하고 있었다. 그리고 다른 고양이 소녀들의 티저 영상도 엄청난 조회 수를 자랑하고 있었다.

사무실 문이 열리며 오승석과 블루마운틴이 함께 나타났다.

"현우야, 티저 조회 수는?"

블루마운틴이 급히 의자에 앉으며 물어왔다.

"22만 뷰."

"벌써 그렇게 많아?"

블루마운틴이 깜짝 놀랐다. 현우가 블루마운틴의 어깨를 툭 치며 웃었다.

"솔이 티저만 22만 뷰야. 멤버들 다 합치면 200만 뷰는 될걸."

"세상에!"

대중들의 관심은 실로 엄청났다. WE TUBE로 댓글이 빠르게 달리고 있었다. 프아돌 공식 게시판도, 그리고 주요 커뮤니티마다 멤버들의 티저 영상이 링크된 게시 글이 넘쳐나고 있었다.

"대표님! 대표님! 대박입니다!"

코인 엔터의 백동원 팀장이 사무실로 들어오며 소리를 질렀다.

"우리 유지랑 시시 티저 영상 조회 수 보셨습니까? 보셨어요?"

전유지와 양시시도 10만 뷰를 훌쩍 넘기고 있었다. 특히 양시시의 티저 영상에는 중국 팬들의 댓글이 상당한 비중을 차지하고 있었다.

"대표님, WE TUBE에 티저 영상 공개할 생각은 대체 어떻게 하신 겁니까?"

백동원이 새삼 현우에게 물었다. 이때만 해도 기획사들은 음원 사이트와 포털 사이트만 신경 썼지 WE TUBE의 중요성을 크게 인식하지 못하고 있었다.

하지만 현우는 i2i의 데뷔를 앞두고 '어울림 엔터테인먼트'라는 공식 채널을 개설했다.

그리고 개설된 공식 채널에 i2i 멤버들의 개인 티저 영상을 처음으로 공개해 버렸다.

멤버들의 티저 영상 뷰가 올라가는 것만큼 어울림의 공식 채널 구독자 숫자도 빠르게 올라가고 있었다. 벌써 구독자가 12만 명을 넘어가고 있었다.

오후 6시. 티저 영상을 향한 뜨거운 반응이 가라앉기도 전에 뮤직비디오가 공개되었다. 이미 언론을 통해 3억 원가량의 제작비가 투입된 뮤직비디오라는 사실이 알려져 있는 상황이었다.

당연히 팬들과 대중들의 기대치가 컸다.

현우는 먼저 어울림 공식 채널에 올라온 뮤직비디오부터 살펴보았다.

티저 영상보다 더 빠르게 조회 수가 올라가고 있었다.

오키나와의 절경인 잔파곶 언덕에서 찍은 '소녀는 무대 위에'의 뮤직비디오가 두 시간 만에 70만 뷰를 기록했다.

신곡 '소녀K 매직'의 뮤직비디오는 무려 100만 뷰를 넘어가고 있었다. 어울림 사무실에 모인 기획사 관계자들의 입이 귀에 걸렸다.

기사도 연달아 쏟아졌다.

[i2i 음방 데뷔도 전에 폭발적인 반응!]

[i2i 신곡 뮤직비디오 조회 수 하루만에 150만 뷰 달성!]

[어울림 엔터테인먼트 WE TUBE 공식 채널 개설! 구독자만 25만!]

[i2i, 가요계에 폭풍을 몰고 오나? 심상치 않은 반응에 가요계 관계자들 초긴장 상태! 송지유 신드롬에 이은 i2i 신드롬까지 불어닥치나?]

어울림 엔터테인먼트의 걸 그룹 i2i를 향한 대중들의 반응이 심상치 않다. 오늘 낮 12시에 공개된 티저 영상과 오늘 오후 6시에 공개된 뮤직비디오를 향해 뜨거운 반응이 쏟아지고 있다. 한 익명의 가요계 관계자의 말에 따르면 현재 내로라하는 기획사들이 벌써부터 i2i의 데뷔를 앞두고 송지유 열풍 때처럼 노심초사하고 있다는 후문이다. 송지유가 정규 1집 활동을 마무리한 시점에서 컴백을 앞두고 있는 아이돌 그룹만 무려 5팀. 하지만 기획사들이 치열한 눈치 싸움을 하면서 가요계의 흐름이 더욱 불투명해질 전망이다. 현재 i2i는 '프로듀스 아이돌 121'이 방송되었던 MBS의 음악캠프에서 토요일 첫 음악방송 데뷔를 앞두고 있다.

―신곡 미쳤음. 그냥 보면 납득이 감. (공감 5,121/비공감 307)

―소녀K 매직 들어보세요. 중독성 ㄷㄷ (공감 4,889/비공감 248)

―춤이며 노래며 비주얼이며 i2i를 누가 막음? ㅋ (공감 4,732/비공감 410)

―음원 공개되면 1등 예상ㅇㅈ? (공감 4,533/비공감 357)

―송지유에 i2i에 어울림이 다 해먹네. ㅋㅋ (공감 4,140/비공감 343)

대중들의 반응은 폭발적이었다. 티저 영상과 뮤직비디오 영상이 공개되었을 뿐인데도 벌써 i2i 열풍이라는 말이 돌고 있었다.

42472 i2i 신곡 안무 수준 ㄷㄷ.gif
—지금까지 나온 걸 그룹 중에 안무 난이도가 제일 어려울 듯
—이거 보통 사람이 출 수 있긴 함?
—뮤직비디오 버전 아님? 일회성?
—춤이 너무 예뻐서 계속 보게 되네요. ㅎㅎ
—이, 입덕할 것 같다.

프아돌 공식 게시판과 주요 커뮤니티에서도 신곡의 안무가 극찬을 받고 있었다. 심지어 음방 무대에서 안무를 제대로 소화할 수 있겠냐는 말까지 나오고 있었다.

"릴리 선생님, 고생 많으셨습니다."

"고생은요. 아이들이 고생했죠."

안무가 릴리 역시 얼굴이 상기되어 있었다.

"토요일까지 하루 남은 건가?"

"그렇지. 왜, 떨려?"

손태명이 물었다. 현우가 피식 웃었다.

"떨리기는, 빨리 우리 아이들 자랑하고 싶어서 그런 거지."

그리고 다음 날인 금요일 낮 12시. i2i의 더블 타이틀곡 '소녀는 무대 위에'와 '소녀K 매직'의 음원이 공개되었다.

그리고 네 시간 만에 '소녀K 매직'이 그간 음원 차트 1위 자리를 지키고 있던 송지유의 마무리 앨범 '가을이라서'를 제치고 1위를 차지했다. '소녀는 무대 위에' i2i 버전도 '가을이라서'에 이어 3위를 차지하는 기염을 토해내었다.

음원 차트 1위와 3위를 i2i가, 그리고 2위에 이어 4위부터 10위까지를 송지유의 곡들이 차지해 버리는 현상이 벌어졌다.

어울림 엔터테인먼트가 대중들의 예상대로 음원 차트를 점령해 버린 셈이다.

다른 기획사 관계자들이 한숨을 내쉬는 사이, i2i 멤버들의 음방 데뷔를 하루 앞두고 현우는 통 크게 회식을 결정했다. 연남동에서 비싸고 맛있기로 유명한 차이나 레스토랑을 통째로 빌려 어울림 식구뿐만 아니라 프아돌 제작진과 기획사 관계자들까지 모두 초대했다.

*　　　*　　　*

쾅!

책상 위에 놓인 집기들이 거세게 흔들렸다.

"김현우 이 새끼, 아주 잘나가네! 잘나가도 너무 잘나가!"

강철태가 씩씩거렸다. 지난번 한정식 집에서의 그 오만하고 당당하던 태도를 생각하면 아직도 화가 풀리지 않았다.

엘시가 잠적한 이후로 개인 활동을 제외한 걸즈파워의 모든 공식 일정이 올 스톱되어 있었다. S&H 입장에서는 가장 큰 돈줄이 막혀 버린 상황이다.

그런데 어울림 엔터테인먼트는 경사에 또 경사가 벌어지고 있었다. 송지유가 정규 1집으로 초대박을 치더니 이제는 i2i까지 초대박 조짐을 보이고 있었다.

"개 같은 새끼."

강철태의 시선이 노트북으로 향했다. 포털 사이트에 올라와 있는 어떤 기사 하나 때문이었다. 송지유의 SNS 사진을 퍼온 기사였는데 김현우가 송지유와 서유희, 그리고 i2i 멤버들에게 둘러싸인 채 환하게 웃고 있었다.

그 웃고 있는 면상을 보자 치가 떨렸다. 강철태가 거칠게 책상을 내려치다가 이진태를 쳐다보았다.

"진태야."

"예, 실장님."

"김현우 그 새끼, 이대로 두면 걷잡을 수 없이 클 거다. 내 말이 틀리냐?"

"맞습니다, 실장님. 이미 방송국 사람들은 3 대 기획사가 아니라 4대 기획사라고 한답니다."

핑크플라워의 팀장 매니저인 이진태가 현우를 떠올리며 말했다. 이진태 역시 홍인대학교 축제에서 현우와 송지유에게 큰 수모를 당한 적이 있다.

강철태의 날카로운 시선이 책상 위로 향했다.

"어떠냐? 김현우 그 자식, 담가 버려?"

"하, 하지만 회장님께서 이 사실을 알면 가만히 계시지 않을 겁니다."

"엘시는 이미 마음이 떠났어. 찾는다고 치자. 찾아봐야 뭐 할 건데? 억지로 걸즈파워 활동시켜 봤자 열심히 하지도 않을 거야. 그리고 엘시 그년, 회장님한테 대드는 걸로 봐서는 무서울 게 없는 년이야. 내 말이 틀리냐?"

"그렇긴 합니다만 주가 문제도 있고, 이 일이 알려지면 회장님께서 실장님이나 저를 가만히 두시겠습니까?"

"야, 이 멍청한 녀석아!"

"예?"

"머리가 있으면 생각을 해야지."

강철태가 이진태의 머리를 톡톡 쳤다. 그러고는 사악한 미소를 머금었다.

"어차피 지금 일은 시간문제야. 더 끌어봤자 나아질 게 없어. 차라리 이 타이밍에 김현우 그 자식을 묻어버리는 게 훨씬 더 좋은 선택이지. 내 말 믿고 진행해."

"예, 실장님."

　　　　＊　　　　　＊　　　　　＊

청담동 뷰티숍 몽마르트는 토요일 오전부터 전쟁터였다. 여자 원장의 지휘 아래 직원들이 i2i 멤버들을 꾸미느라 정신이 없었다.

"으아! 시간 없어!"

김은정은 이상한 괴성까지 지르며 멤버들의 얼굴에 메이크업을 하고 있었다. 현우는 최영진과 함께 뒤에 서서 이 모든 상황을 지켜보고 있었다.

"배고픈 사람 손?"

"대표님, 저요! 배고파요!"

역시나 먹성 좋은 배하나가 번쩍 손을 들었다. 다른 멤버들도 하나둘 손을 들었다.

"메뉴 불러봐."

"샌드위치요!"

"햄버거!"

"아무거나!"

"양념치킨! 양념치킨!"

멤버들이 각자 먹고 싶은 것들을 나열했다. 현우가 피식 웃었다.

"아무거나? 양념치킨? 누구야? 장난칠 거야?"

"이지수랑 배하나, 장난칠래? 지유 언니한테 이른다?"

급기야 군기 반장 유지연이 나섰다. 이지수와 배하나가 헤헤 웃으며 상황을 무마하려 했다. 결국 현우는 i2i의 리더인 김수정에게 다가갔다. 거울을 통해 김수정이 현우를 빤히 올려다보았다.

"수정아, 애들 메뉴 뭐로 하면 좋을까?"

"음, 저랑 지연이, 솔이랑 아라, 세희는 샌드위치 먹으면 될 것 같아요. 유지는 햄버거 먹고 싶다고 했으니까 불고기 햄버거. 아, 하잉도 햄버거 먹을래? 햄버거 좋아하지?"

"응. 나 햄버거 조아해."

어설픈 한국말로 하잉이 대답했다.

"시시 언니랑 은이 언니는 아침에는 초코 우유만 먹는 것 같아요. 보미랑 예슬이는 무대 오르기 전에는 아무것도 못 먹는대요. 맞지?"

"맞아. 대표님, 저랑 예슬이는 굶을래요."

"괜찮겠어? 그럼 커피라도 사다 줄까?"

"네, 대표님. 감사합니다."

차보미와 권예슬이 꾸벅 고개를 숙여 보였다. 파인애플 뮤직 출신인 두 멤버는 유난히도 예의가 발랐다. 꼭 이솔 같았다.

"대표님, 뷰티숍에서 길 건너면 토스트 가게 하나 있을 거예요. 거기서 샌드위치랑 햄버거 사시면 될 것 같아요."

"수정아, 그런 것도 봤어?"

"네. 오면서 다 확인해 두었죠."

"역시 우리 수정이답다."

현우가 대견한 표정으로 김수정을 칭찬했다. 옆에서 보고 있던 배하나가 입을 삐죽였다.

"토스트 가게 옆에 치킨 집도 있는데. 나도 봤는데."

"자랑이다, 이 녀석아!"

현우가 결국 참다 못해 살짝 꿀밤을 날렸다. 배하나가 볼을 부풀리며 현우를 올려다보았다.

"이씨, 왜 수정이랑 저랑 맨날 차별해요?"

"너도 맨날 수정이랑 나랑 차별하잖아. 그거 가지고."

유지연이 손가락으로 배하나의 상체를 가리켰다.

"근데 차별할 만해. 사이즈가 남다르잖아?"

이지수의 말에 뷰티숍이 웃음바다가 되었다. 현우와 최영진만 웃지도 못 하고 난감한 얼굴을 하고 있었다.

"어쨌든 먹을 거 사올 테니까 선생님들이랑 은정이 말 잘 듣고 있어라. 가자, 영진아."

"네, 형님."

현우와 최영진이 뷰티숍을 나서려 했다. 그때였다. 뷰티숍 문이 열리며 송지유가 나타났다. 서유희도 함께였다.

"지유야? 유희 씨?"

현우가 어리둥절한 얼굴을 했다. 오늘 송지유와 서유희는 스케줄이 없었다. 송지유와 서유희가 양손 가득 쇼핑 봉투를 들고 있었다.

"빨리 받아요. 무거워죽겠어요."

"어? 어!"

현우와 최영진이 얼른 송지유와 서유희로부터 쇼핑 봉투를 받아 들었다. 그리고 테이블 위로 올려놓았다.

"송지유? 송지유다!"

뷰티숍 직원들이 하던 일들을 멈추고 입을 떡 벌렸다. 여자 원장의 눈동자가 탐욕으로 물들었다. 현우가 쓰게 웃었다. 저 번부터 송지유, 송지유 노래를 부르더니 여자 원장은 반쯤 정신이 나가 있었다.

"그럼 간단하게 식사하고 잠깐만 쉬도록 하죠. 괜찮습니까, 원장님?"

"그럼요! 우리 지유 씨가 왔는데 쉬어야죠!"

송지유와 서유희가 주섬주섬 쇼핑 봉투를 열었다. 커다란 용기 두 개에 무언가가 가득 들어 있었다.

"이게 다 뭡니까?"

아무래도 송지유가 요리를 한 것 같지는 않아 현우는 서유희에게 물었다.

"호박죽이에요. 그리고 이건 유부초밥이구요."

"유희 씨가 이걸 다 만들었습니까?"

"유부초밥은 지유 씨 작품이에요. 호, 호박죽은 제가 만들었어요."

"그래요?"

현우가 송지유를 슥 쳐다보았다. 라면도 제대로 끓이지 못하는 송지유였다. 그런데 유부초밥을 만들어 왔다. 기대도 되었지만 왠지 조금은 불안했다.

일단 김수정과 유지연이 호박죽이 담긴 통부터 뚜껑을 열었다.

"우와!"

멤버들이 탄성을 질렀다. 황금빛 호박죽 속에 새하얀 새알이 군데군데 포진해 있었다. 구수하고 진한 향에 절로 군침이 돌았다.

"유희 언니 최고!"

"언니 짱이에요!"

서유희가 얼굴을 붉혔다. 현우는 서유희에게 고마웠다. 직접 호박죽을 만들어왔다. 새벽부터 일어나서 호박죽을 만드느라 제법 고생했을 것이다.

"유희 씨, 고마워요."

"아, 아니에요!"

"그럼 식기 전에 먹어볼까? 얘들아!"

"네!"

김수정과 유지연이 그릇에 호박죽을 담아 멤버들에게 나누어 주었다.

"맛, 맛은 있나요?"

"네. 많이 달지도 않고 딱 좋은데요?"

새벽부터 멤버들을 깨우고 곧장 청담동으로 달려온 현우였다. 허하던 속이 따뜻하게 채워지는 것 같았다.

멤버들도 맛있게 호박죽을 먹고 있었다. 여자 원장과 이야기를 나누고 돌아온 송지유가 현우의 옆으로 앉았다. 그리고 유부초밥이 담긴 8단 도시락을 척척 열었다.

"지유야, 이거 네가 만들었다며?"

"네. 많이 만들었으니까 많이 먹어요."

왠지 모르게 멤버들이 호박죽을 먹는 데 더 열중을 하고 있었다. 송지유가 젓가락으로 유부초밥을 집었다.

"아 해봐요."

"아?"

현우가 어색하게 웃었다.

"유희 씨, 이거 지유 혼자 만든 거죠? 유희 씨는 호박죽만 했고?"

"네, 대표님."

"머, 먹어봤죠?"

"아뇨."

서유희의 말에 현우의 얼굴이 굳었다.

"아 하라니까요."

송지유가 재촉했다. 멤버들의 걱정 어린 눈길 속에서 현우가 입을 벌렸다.

"아아악!"

유부초밥이 입안으로 쏙 들어왔다.

'이건 군대리아다, 군대리아.'

자기 최면을 걸며 현우는 유부초밥을 씹었다. 굳어 있던 표정이 점점 펴졌다. 의외로 맛이 괜찮았다. 그리고 유부초밥 안에서 달콤하면서도 쌉쌀한 무언가가 씹혔다.

"뭐야? 이거 괜찮은데? 얘들아, 빨리 먹어봐!"

현우의 반응이 좋았다. 멤버들도 유부초밥을 하나씩 입으로 가져가 오물오물 먹었다.

"선배님, 맛있어요!"

전유지가 헤헤 웃었다. 다른 멤버들도 맛있게 유부초밥을 먹기 시작했다. 직접 만든 호박죽에 유부초밥까지 멤버들은 정말 맛있게 배를 채웠다.

"지유도 수고했고 유희 씨도 고마워요. 살짝 감동받았습니다."

"호박죽, 대단한 거 아니에요. 대표님이 저한테 해주신 게 더 많은데요."

"아니에요. 영화 촬영 전에 내가 지유랑 유희 씨한테 보답하겠습니다. 호텔은 지낼 만해요?"

"그, 그럼요. 걱정되기는 하는데 편하고 좋아요."

"돈 걱정은 말아요. 그리고 다음 주 초에 유희 씨 이사 날짜 잡혔습니다."

"정말요?"

"연희동에 작지만 신축 아파트가 있더군요. 방 한 개에 거실만 있긴 한데 혼자서 지내기에는 무리가 없을 겁니다. 아이들 숙소에서도 가까우니까 유희 씨가 자주자주 아이들 좀 찾아가 줘요."

"가, 감사합니다, 대표님. 그런데… 이렇게 받기만 해서 괜찮을까요?"

현우가 빙그레 웃으며 고개를 저었다.

"유희 씨가 잘되면 몇 배는 더 벌어다 줄 텐데요?"

"아, 네!"

이제야 서유희는 마음을 놓았다.

현우는 유부초밥 하나를 더 입으로 가져갔다.

"지유야, 유부초밥 잘 만들었는데? 근데 이거 안에서 씹히는 건 뭐야? 무말랭이인가? 맞아?"

"궁금해요?"

"응."

"그거 홍삼 절편이에요."

송지유가 태연한 표정으로 말했다. 최영진이 조용히 유부초밥을 내려놓았다.

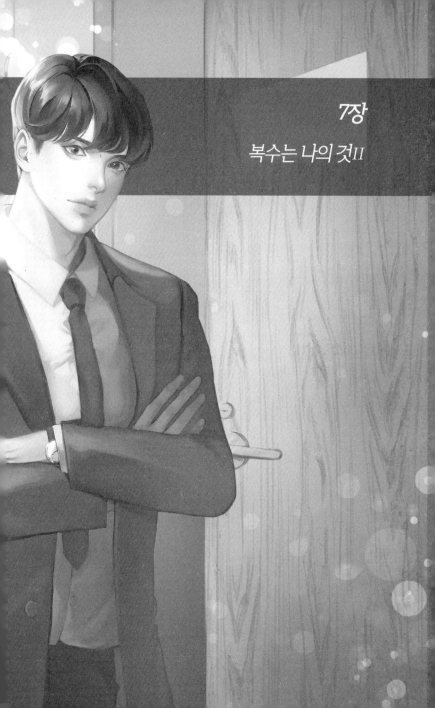

7장

복수는 나의 것 II

　　상암동 MBS 공개홀 근처로 i2i 멤버들이 탄 스프린터가 들
어섰다.

　　"와아아!"

　　기다렸다는 듯 함성이 쏟아졌다. 응원 피켓을 든 각양각색
의 팬들이 사방에서 뛰어나와 스프린터를 둘러쌌다.

　　"우와!"

　　"우리 팬들이다!"

　　멤버들은 사태의 심각성도 모르고 그저 좋아했다. 송지유
덕분에 이미 이런 사태를 여러 번 경험해 본 현우는 팬들이

고마우면서도 한편으론 골치가 아팠다.

확성기를 들고 현우가 창문을 열었다.

"김현우 대표님이다!"

"대표님! 잘생겼어요!"

"솔이 좀 보여주세요, 대표님!"

팬들이 더 난리가 났다. 저 멀리서 진행 요원들이 뛰어오고 있는 것도 보였다.

"안녕하세요! 김현우입니다! 여러분! 우리 i2i, 리허설을 해야 합니다! 늦으면 안 되겠죠? 그러니까 조금만 물러나 줄래요?"

"송지유는 어디에 있어요?!"

어느 팬이 뜬금없는 질문을 했다. 현우는 크게 웃었다.

"지유 지금 집으로 가고 있을 겁니다! 이제 좀 비켜줄래요?"

"네!"

팬들이 좌우로 물러섰다. 스프린터가 간신히 공개홀 안으로 들어섰다.

"조심히 내려, 얘들아!"

현우와 최영진의 인도 아래 멤버들이 차례차례 스프린터에서 내려왔다. 마지막으로 김은정이 내렸다.

"하나, 둘, 셋, 넷……. 오케이. 열세 명."

멤버들의 숫자를 확인한 후 현우는 멤버들을 이끌고 공개 홀 안으로 들어갔다.

"현우 씨!"

또각또각.

마소진 피디가 현우를 반겼다.

"또 마중을 나오시다니요. 제가 다 황송합니다."

"아니죠. 우리 i2i 아기들 데뷔인데 제가 직접 나와야 하지 않겠어요?"

i2i는 MBS의 '프로듀스 아이돌 121'이 탄생시킨 걸 그룹이었다. i2i 입장에서는 MBS가 홈구장이나 마찬가지인 셈이다.

마소진 피디가 직접 현우와 i2i 멤버들을 대기실까지 안내해 주었다.

멤버의 숫자가 13명이나 되었고, 또 엄청난 인기 덕에 단독 대기실이 주어졌다.

"리허설 기대할게요."

"네, 피디님! 감사합니다!"

멤버들이 90도로 인사하며 마소진 피디를 배웅했다. 짐을 풀고 현우는 멤버들을 데리고 인사를 다녔다. 대기실을 다니며 선배 가수나 그룹들에게 인사할 때마다 부러움과 시기의 시선들이 쏟아졌다.

아이돌 그룹을 육성하고 있는 중소 기획사의 매니저들은

현우와 어떻게든 안면을 트기 위해 고군분투했다. 현우도 최대한 정중하고 예의 있게 매니저들과 안면을 트고 명함을 주고받았다.

대기실로 돌아오니 벌써 리허설 시간이 다가와 있었다.

"자, 이제 리허설 가자. 다들 잘할 수 있지?"

"네, 대표님!"

멤버들의 사기가 하늘 끝까지 올라가 있었다. 편안한 운동복 차림의 멤버들이 현우를 따라 리허설 무대에 올랐다.

i2i의 리허설을 보기 위해 기획사 관계자들이 총출동한 상태였다. 리허설인데도 i2i 멤버들은 최선을 다해 무대를 소화해 냈다.

기획사 관계자들이 일제히 감탄했다. 고된 트레이닝 끝에 데뷔한 i2i 멤버들답게 실력이 보통이 아니었다.

일부 기획사 관계자들은 썩 좋지 않은 표정을 짓고 있었다.

"현우 형님, 저기 저쪽 라인 엔터랑 레드퍼플 엔터가 SBC에 연습생들을 출연시킨 기획사들이에요. 표정 볼 만하죠?"

최영진이 조용히 속삭였다. 현우는 물끄러미 두 기획사 관계자들을 살펴보았다. 무대 위 i2i 멤버들을 부러운 듯이 보고 있다.

"형님, 제가 요즘 느낀 건데요, 사람은 줄을 잘 서야 한다는 어르신들 말이 틀린 건 아닌 것 같아요."

"그래?"

"저랑 우리 은이 보세요. 형님이라는 줄을 붙잡고 있으니까 걱정이 없잖아요."

최영진의 말에 현우는 쓰게 웃기만 했다.

*　　　*　　　*

음악캠프의 마지막 순서로 i2i의 데뷔 무대가 잡혀 있다. 무대에 오르기 5분 전, 현우는 멤버들을 모아놓고 입을 열었다.

"프아돌 방송부터 시작해서 오늘 데뷔까지 너희들이 얼마나 많은 고생을 했고 노력을 했는지 나는 잘 알아. 그렇기 때문에 나는 오늘 너희들의 무대에 큰 기대를 걸고 있어. 이건 팬들도 마찬가지일 거야."

"…저 실수할 것 같아서 겁나요, 대표님."

막내 전유지가 초조해하고 있었다. 양시시도 마찬가지였다. 프아돌 방송 초반만 해도 프리즘 멤버인 두 아이는 형편없는 실력으로 이름을 떨쳤다.

"유지도 떨 것 없어. 예전의 전유지가 아니잖아? 이제는 i2i의 전유지지. 안 그래?"

"네!"

현우가 빙그레 웃었다.

"오늘 무대 끝나면 회식하러 가자. 릴리 선생님 몰래 갈 거니까 마음껏 먹어도 될 거야."

"우와! 그럼 양념치킨?"

"오케이. 그것도 사줄게."

멤버들의 사기가 올랐다.

"그럼 이제 가볼까?"

"네!"

멤버들이 현우를 따라 복도로 나섰다. 복도에서 대기 중이던 다양한 아이돌 그룹들이 박수와 함께 부러워하는 시선을 보내왔다.

사바나의 유은과 프리즘의 전유지, 양시시는 감회가 새로웠다. 그간 소형 기획사 출신의 걸 그룹 멤버로서 얼마나 많은 굴욕을 당했던가.

세 아이는 유난히 당당하게 걸음을 옮겼다.

'프로듀스 아이돌 121'을 상징하는 삼각형 모양의 무대가 꾸며져 있었다. '프로듀스 아이돌 121'의 무대를 마소진 피디가 고스란히 옮겨놓은 것이다.

"자, 여러분! 오늘의 마지막 순서! 알고 계시죠? 모두 환호로 맞아주세요!"

MC를 보고 있는 여자 아이돌의 말에 관객석에서 엄청난 함성이 쏟아졌다. 무대 아래에서 대기하고 있던 i2i 멤버들도 깜짝 놀랄 정도였다.

"핫 데뷔! 그리고 1위 후보 i2i! 지금 데뷔합니다!"

"와아아!"

팬들의 함성 속에서 i2i 멤버들이 무대 위로 올랐다.

*   *   *

[i2i 데뷔와 동시에 MBS 음악캠프 1위!]

[i2i 음악 방송 데뷔 무대는 역대급 무대?!]

[가요계 지각 변동! i2i가 떴다!]

[송지유 비켜! 이제는 i2i 시대!]

"비키긴 뭘 비켜?"

요즘 들어 뭐만 했다 하면 '송지유 비켜!'라는 기사들이 줄을 잇고 있었다. 신인 여배우의 기사에도, 신인 여가수의 기사에도 '송지유 비켜!'라는 기사 천지였다.

"대체 우리 지유는 어디까지 비켜야 하는 거냐?"

워낙에 송지유의 인기가 높았기 때문에 빚어진 현상이긴 했다.

기사 헤드라인대로 i2i는 데뷔와 동시에 1위를 차지했다. 걸 그룹 역사상 최초의 대기록이었다. 그런데 더 무서운 건 송지유였다. 활동도 안 한 마무리 앨범 '가을이라서'가 1위 후보에 오른 것이다.

현우는 WE TUBE 어울림 공식 채널을 들어가 보았다. MBS 음악캠프 무대가 벌써 영상으로 올라와 있었다.

"태명이가 일 처리 하나는 빠르네."

벌써 조회 수가 200만을 넘어가고 있었다. i2i 멤버들은 무대에서 총 세 곡을 소화했다. 첫 곡은 프아돌의 공식 단체 곡인 'It's Me'를 불렀다. 그리고 '소녀는 무대 위에'와 '소녀K 매직'을 연달아 불렀다.

세 곡 모두 라이브였고 고난이도의 안무까지 처음으로 선보였다.

포털 사이트의 기사들도 그렇고 주요 커뮤니티도 온통 i2i 이야기로 도배가 되어 있었다. 성공적인, 아니, 완벽한 데뷔였다.

몇 달간 진행해 오던 큰 프로젝트를 해결해서인지 그간 쌓인 피로와 긴장감이 일시에 몰려왔다. 마침 옷을 갈아입기 위해 잠깐 집으로 돌아온 현우였다.

"좀 잘까?"

더 고민할 것도 없이 현우는 침대에 누웠다. 그리고 정신없이 잠에 빠져들었다.

$$*\qquad*\qquad*$$

"아들! 아들!"

어머니 최정희가 방문을 열고 들어와 현우를 깨웠다. 현우는 곧장 두 눈을 떴다. 방 안이 어둑어둑해져 있었다. 그리고 최정희 옆으로 손태명의 얼굴이 보였다.

"태명아? 네가 우리 집에는 왜 왔어?"

손태명의 얼굴이 이상했다. 무언가 이상함을 느낀 현우는 곧장 침대에서 일어났다.

"어머니, 태명이랑 할 이야기가 있어요."

"응, 알았어. 과일 깎아다 줄게."

최정희가 나가자 현우는 문을 굳게 닫았다.

"뭔데? 또 무슨 일인데?"

"하아, 너 자는 사이에 난리가 났어."

손태명은 의외로 침착했다. 현우는 입술이 바짝 말랐다. 손태명이 급히 방에 있는 컴퓨터를 부팅시켰다.

"놀라지 마. 알았지? 화내기도 없기다?"

"알았어. 비켜봐."

현우는 급히 포털 사이트를 들어가 보았다.

"이게 다 뭐야?!"

현우가 버럭 소리를 질렀다. 포털 사이트에 대문짝만 하게 기사가 나 있었다.

[어울림 엔터테인먼트 김현우 대표, 걸즈파워 엘시와 분홍빛 기류?]

한정식 집에서 이장호 회장이 증거로 내민 엘시와의 사진들이 포털 기사 속에 적나라하게 나열되어 있었다.

"미친!"

누가 머리에 찬물을 확 끼얹는 것 같았다. 머리가 빠르게 돌아갔다.

'이장호 회장이 이 사진을 공개했을 리는 없어. 누구지?'

순간 강철태라는 이름이 현우의 뇌리를 스치고 지나갔다. 강철태라면 충분히 그럴 만한 위인이었다.

그에게 소속 연예인의 사생활 따위는 중요한 게 아니었다. 철저히 자신의 성공만을 목표로 하는 인물이기 때문이다.

"당장 로펌에 연락해서 법적 대응 준비해. 그리고 기자들한테 연락 돌리고 이진이 작가님 동생분한테 단독 인터뷰 가능하냐고 일정 조율해 봐."

"현우야, 일단 진정해."

"지금 진정하게 생겼냐? 나도 더 이상은 못 참아! 안 참는다고! 나를 가지고 그러는 건 괜찮아! 근데 엘시는 무슨 죄야? 엘시는 S&H 소속이라고!"

현우는 주먹을 굳게 쥐었다.

분명히 그날 경고했다. 건드리면 더 이상 가만있지 않겠다고.

그런데도 S&H는 칼을 들이밀었다.

"댓글을 봐봐."

"댓글?"

손태명이 기묘한 얼굴을 했다.

현우는 서둘러 댓글을 살펴보았다.

─꺄아! 김현우 대표님이랑 엘시가 사귄다고?! 대박! 축하해요! (공감 5,127/비공감 614)

─예쁜 사랑 하세요! 응원합니다! (공감 5,008/비공감 781)

─역시 인생은 김현우처럼 ㅇㅈ? (공감 4,711/비공감 299)

─선남선녀 커플. ㅎㅎ (공감 4,355/비공감 451)

─김현호우! 김현호우! (공감 3,788/비공감 113)

─호우! (공감 3,129/비공감 201)

댓글 반응이 이상했다. 너무 호의적이었다.

"김현호우?! 이건 뭐야?"

황당한 댓글이 베스트 댓글 자리를 떡하니 차지하고 있었다.

"후우, 그러니까 이게 지금 이상해."

손태명이 현우에게 자신의 핸드폰을 보여주었다. 어느 축구 커뮤니티의 게시판이었다.

423124 ???: 너만 호우해? 나도 호우한다!

현우는 게시 글을 클릭했다.

얼마 전 회식 때 송지유가 SNS에 남긴 사진이 올라와 있었다. 현우가 송지유와 서유희, 그리고 i2i 멤버들에게 둘러싸여 있었다. 두 번째 사진은 오늘 청담동 몽마르트에서 찍은 것이었다. 그리고 마지막 세 번째 사진이 엘시와 나란히 걷고 있는 그 사진이었다.

ㅡ우리도 이제 우리 형 생겼다고! 김현호우!

ㅡ멋있다! 우리 형! 김현호우!

ㅡ다시는 대한민국의 호우를 무시하지 마라! 호우!

ㅡ김현호우!

ㅡ호우!

"내가 우리 형이라고? 축구로 유명한 그 선수처럼?"

현우는 이마를 짚었다. 그런데 자꾸만 웃음이 나왔다. 강철태는 명백하게 악의를 가지고 엘시와 함께 찍힌 사진을 풀었다.

그런데 그 결과는 '김현호우!'로 돌아오고 있었다.

*   *   *

"김현호우?!"

"시, 실장님!"

쾅!

강철태가 주먹으로 책상을 내려쳤다. 책상 위에 있던 집기들이 우수수 바닥으로 곤두박질쳤다.

노트북 화면으로 포털 기사가 하나 떠올라 있었다.

[김현호우! 열풍? 김현우 대표, 엘시와의 열애설에도 대중들은 오히려 열광적인 반응! 그 원인은 대체 무엇인가?]

어울림 엔터테인먼트의 김현우 대표와 걸즈파워 엘시의 분홍빛 열애설이 세간의 큰 관심을 불러일으키고 있다. 보통 열애설은 연예계 종사자들에겐 가장 피해야 할 치명적인 스캔들로 분류되는 것이 정설이다. 하지만 김현우 대표와 엘시와의 열애설은 오히려 대중들의 뜨거운 지지를 받고 있다. 특히 김현우 대표는 스페인 리그에서 뛰고 있는 유명 축구선수의 별명 '우리 형'이라는 호칭으로까지 불리고 있으며, 김현호우라는 신종 유행어가 온라인을 뒤덮고 있다. 엘시 또한 탑 여자 아이돌에겐 사형선고나 마찬가지인 열애설이 터졌음에도 큰 응원을 받고 있는 실정. 일부 연예계 관계자들은 이 기이한 현상이 김현우 대표의 이미지에서 기인하고 있다고 분석을 내놓고 있다. 젊은 나이에 자수성가를 한 김현우 대표의 건실하고 정직한 이미지가 플러스 요인이 되었다는 견해. 현재 어울림 엔터테인먼트와 S&H는 공식 입장을 내놓지 않고 있다.

─김현호우! (공감 4,813/비공감 320)

─호우! (공감 4,257/비공감 191)

─동생들은 우리 형을 응원합니다!^^ (공감 3,936/비공감 273)

"진태야, 이게 지금 말이 되는 상황이야?!"

"실장님, 우선 진정하시죠! 자세한 사, 상황부터 파악을 해야 대처를!"

"대처?! 이 마당에 무슨 대처를 해?!"

강철태의 얼굴이 새빨개져 있었다. 엘시를 버리는 것까지 각오하고 현우를 겨냥해서 터뜨린 열애설이었다.

그런데 대중들의 반응은 강철태의 바람과는 전혀 다른 양상을 보이고 있었다.

현우를 향한 질투와 시기 대신 응원이 쏟아지고 있었다. 그리고 '김현호우!'라는 애정과 경외가 담긴 별명까지. 오히려 청년 대표 현우의 가치를 더욱 높여준 셈이다.

쾅!

문짝이 뜯어질 듯 거세게 문이 열렸다. 이장호 회장이었다.

"자네 제정신이야?! 미쳤나?! 감히 내 허락도 없이 그따위 열애 기사를 터뜨려?!"

이장호가 분노하고 있었다. 이진태는 머리가 땅에 닿을 정도로 덜덜 떨며 고개를 숙였다. 강철태는 마른 입술을 축였다.

"회장님, 어쩔 수가 없었습니다! 어차피 엘시는 우리 S&H를 떠날 아이였습니다! 이럴 바에는 차라리 김현우 그 새끼를 확실하게 처리하는 게 낫다고 판단했습니다! 그, 근데 이게 지금 말도 안 되는 상황이 벌어진 겁니다! 조, 조금만 있으면 사람들도 반, 반응이… 제대로 된 반응이 나올 겁니다!"

"제대로 된 반응?! 그걸 지금 말이라고 하는 건가?! 이제 그 후폭풍을 어떻게 감당할 생각인가?! 어울림 쪽에서 가만있을 거라고 생각하는 건가?!"

"회, 회장님, 우리 쪽에서 먼저 기사를 내보내는 게……."

"당연하지! 하지만 자네는 이제 우리 S&H에서 할 일이 없을 걸세. 그동안 수고했네. 배웅은 하지 않도록 하지."

이장호는 냉정하게 등을 돌리며 강철태의 시야에서 사라졌다.

명백한 해고였다.

"빌어먹을!"

강철태가 노트북을 바닥으로 패대기쳤다. 노트북 액정이 깨지며 그 파편이 허공으로 흩어졌다. 그리고 그간 강철태가 S&H에서 쌓아놓은 커리어도 허공으로 덧없이 흩어져 버렸다.

*   *   *

정신을 차린 현우는 곧장 손태명과 함께 어울림으로 돌아왔다.

3층 사무실에 어울림의 모든 식구가 모여 현우를 기다리고 있었다. 김정호와 추향도 있었고 송지유와 i2i 멤버들도 모여 있었다.

식구들의 시선이 일제히 현우에게로 쏟아졌다. 현우는 가장 먼저 송지유부터 살폈다.

송지유가 슥 현우의 시선을 피했다.

현우는 멋쩍게 웃었다. 소속 연예인들도 아니고 대표가 스캔들이 터져 버렸다. 상당히 난감하고 민망한 상황이었다.

특히 i2i 멤버들의 순진무구한 눈빛이 더 부담되었다. 현우는 숨을 고른 후 조용히 입을 열었다.

"스캔들은 사실이 아닙니다. 다들 알다시피 여자 만날 시간이 어디 있습니까? 다연 씨랑은 그날 우연히 만난 것뿐입니다. 와인 약속을 지킬 겸 만난 것뿐인데 S&H에서는 그게 아니었던 모양입니다."

현우의 설명에 다들 납득했다. 엘시와의 와인 약속은 어울림 식구 대부분이 알고 있는 사실이었다. 그리고 무엇보다 어울림 식구들은 현우를 굳게 신뢰하고 있었다.

"대표님, 그런 의미에서 '김현호우!' 해도 될까요?"

"아니, 그러면 혼날 거야."

"네."

이지수가 킥킥 웃으며 입을 삐죽였다. 덕분에 무겁던 사무실 분위기가 조금은 누그러졌다.

"어떻게 할 거야? 대응할 거야?"

손태명이 팔짱을 낀 채로 물어왔다. 현우는 고개를 끄덕였다.

"상대가 쏜 화살이 빗나갔다고 해서 그 죄가 사라지는 건 아니야. 화살을 쐈으면 우리 쪽에서는 기관총이라도 쏴야 하지 않겠어?"

"형님, 방금 속보로 기사 떴습니다!"

최영진이 급히 자신의 핸드폰을 현우에게 내밀었다. S&H에서 속보로 공식 입장을 내놓았다. 현우는 침착하게 기사를 읽어 내려갔다.

[S&H 엔터테인먼트, 걸즈파워 엘시와 김현우 대표와의 열애설은 단순한 '오해'라고 공식 입장 발표]

걸즈파워 엘시의 소속사 S&H가 공식 입장을 내놓았다. 김현우 대표와 엘시와의 열애설이 사실이 아니라는 것. 두 사람의 만남은 일회성이었으며 그저 단순한 친분 관계라고 해명을 내놓았다. 하지만 어울림 엔터테인먼트에서는 여전히 침묵을 고수 중이며, 대중들의 의혹 어린 시선은 쉽사리 가시지 않을 것이라 생각된다.

　—거부하지 마라! 김현호우! (공감 324/비공감 33)

　—동생들은 우리 형 말 아니면 안 믿는다고.(공감 276/비공감 47)

　—대체 진실이 뭐임? (공감 205/비공감 59)

　—엘시 팬인데 김현호우라면 ㅇㅈ한다. (공감 132/비공감 26)

　—김현호우! (공감 77/비공감 7)

"하아, 이놈의 김현호우."

현우는 자꾸 헛웃음이 나왔다. 하지만 그렇다고 해서 화가 가라앉지는 않았다. S&H의 해명 기사에 오히려 더 화가 났다.

"이런 무책임한 해명 기사 하나 달랑 내보내고 끝이라고? 현우 너랑 우리 어울림한테 정식으로 사과해야 하는 거 아냐? 어쨌든 그쪽에서 소스가 유출되었을 거 아니냐고?"

오승석도 분통을 터뜨렸다.

"태명아, 고려일보랑 연결해 봐."

"고려일보?"

손태명이 잠시 황당해했다. 그러다 현우의 의중을 파악하곤 혀를 내둘렀다. 적을 이용하여 다른 적을 제어한다. 현우는 '이이제이'를 생각하고 있었다.

*　　　*　　　*

"아가씨, 여기 돈가스 하나랑 제육 하나 주쇼!"

"네, 삼촌! 조금만 기다리세요!"

엘시가 능숙하게 주문을 받고 주방으로 달려갔다.

"정우 오빠, 5번 테이블에 돈가스랑 제육 하나!"

"알았어!"

인근 공사장에서 잔업하던 인부들이 우르르 몰려와 작은 식당은 빈틈없이 꽉 차 있었다.

"제육 두 개랑 오므라이스 세 개!"

"네, 네! 감사합니다! 오빠, 제육 두 개! 오므라이스 세 개!"

정신이 없었다. 평소에는 읍내 주민들만 찾는 작은 식당이었다. 오늘따라 주문이 밀려 김정우는 곤란했다. 힘들게 땀흘려 일을 하고 온 인부들이다. 빨리 식사를 대접해야 했다.

종업원 엘시도 덩달아 마음이 급해졌다.

"배, 배고프시죠? 주방에 사람이 한 명이라서 시간이 좀 걸리는데 괜찮으시겠어요?"

엘시가 먼저 입을 열었다. 머리가 희끗한 어르신이 엘시를 쳐다보았다.

검은 모자를 깊게 눌러쓰고 있어 얼굴은 잘 보이지 않았지만, 지긋한 어르신이 보기에도 엘시는 남달랐다.

"걱정 말아. 그것도 못 기다리면 어디 쓰나? 그런데 말이여, 아가씨가 목소리도 예쁘고 엄청 곱네. 우리 손녀딸도 아가씨처럼 고와."

"그러세요?"

"엉. 사진 보여줄까?"

"어머, 정말 손녀분이 예쁘시네요?"

"그치? 허허. 근디 그럼 뭐 하나? 보고 싶어도 자주 못 봐."

먼 시골까지 와서 숙식을 하며 고된 노동일을 하는 사람들이다. 다들 핸드폰을 꺼내 들고 가족들 사진을 엘시에게 자랑하느라 정신이 없었다.

"막간을 이용해서 제가 노래 한 곡 불러 드릴까요?"

"노래? 아가씨, 노래 잘혀?"

"네, 잘해요."

"그려. 다들 박수!"

어르신의 주도 아래 식당에 모인 인부들이 박수를 쳤다. 엘시는 빈 소주병에 숟가락을 꽂았다.

"삼촌들 좋아하시는 트로트로 한 소절 부르겠습니다!"

엘시는 잠시 목을 가다듬고 성대관의 '세 박자'를 부르기 시작했다.

"아따, 아가씨 노래 끝내주게 잘하네! 그치? 인생 뭐 있나? 세 박자 속에 인생이 있는 거여! 자, 박수! 박수!"

인부들의 반응이 뜨거웠다.

한 곡이 끝나기가 무섭게 앙코르가 쏟아졌다. 그리고 주방에서 그 모습을 김정우가 흐뭇한 얼굴로 보고 있었다.

'녀석, 확실히 노래할 때가 제일 예쁘구나.'

음식을 그릇에 담으려는데 전화벨이 울렸다. 집사람이었다. 혹시 어디 아픈가 싶어 김정우는 곧바로 전화를 받았다.

"미선 씨, 어디 안 좋아요?"

─정우 씨, 빨리 기사 봐요!

"기사요?"

─다연이 기사 났어요! 어서요!

"알았어요!"

김정우는 급히 핸드폰으로 포털 사이트에 들어가 보았다. 엘시가 몇 번 말한 김현우 대표라는 사람과 엘시와의 스캔들 기사가 대문짝만하게 나 있었다.

김정우의 시선이 잔뜩 흥이 나서 노래를 부르고 있는 엘시에게로 향했다.

요 며칠 엘시는 많이 안정되어 있었다. 잃어버린 미소를 되찾아가고 있었다. 김정우의 눈동자가 심하게 흔들렸다.

'회장님, 고작 한 달도 못 기다려 주시는 겁니까?'

아니, S&H에서는 엘시를 아예 포기하는 것 같았다.

'차라리 잘된 건가?'

김정우의 눈동자로 쓸쓸함이 어렸다. 이로써 엘시의 아이돌 생명은 거의 끝이 난 것이나 마찬가지였다.

모든 걸 버리고 이곳까지 찾아온 엘시라는 걸 알고는 있지만 마음이 아팠다.

"다연아."

김정우가 엘시를 불렀지만 노래를 부르느라 엘시는 미처 듣지 못했다.

그리고 더 이상 김정우는 입을 떼지 못했다. 김현우라는 사람에게는 미안하지만 조금만 더 엘시를 쉬게 하고 싶었다.

'미안합니다, 김현우 씨.'

　　　　＊　　　　　＊　　　　　＊

　[어울림 엔터테인먼트 공식 입장 발표! 고려일보 단독 공개!]
　　열애설의 주인공 어울림 엔터테인먼트의 김현우 대표가 고
려일보를 통해 공식 입장을 내놓았다. 김현우 대표는 걸즈파워
엘시와의 열애설은 사실이 아니라고 밝혔다. 또한 그날 엘시와
의 만남은 단순한 일회성 만남이 아니었다는 충격적인 사실을
전해왔다. 엘시와 소속사와의 갈등으로 인해 짧은 시간이나마
상담을 해주었다는 게 김현우 대표의 설명이다. 엘시가 그간
불면증과 우울증 등 여러 정신적 질환을 호소했음에도 S&H에
서는 바쁜 스케줄 활동을 강요했다는 것. 또한 김현우 대표는
엘시가 발목 부상을 당해 아시아 투어에 불참한 것이 아니라
소속사를 피해 잠적 상태에 있다고 고려일보를 통해 밝혔다.
김현우 대표는 i2i 멤버 이지수의 폭력 루머 사건에 대한 책임
도 물을 것이라는 엄포도 함께 전해왔다. 소속사와 소속 연예
인과의 갈등, 정신적 질환에도 불구하고 무리한 활동을 강요
한 S&H를 향해 '갑질 논란'의 시선이 쏟아지는 것은 불가피
할 전망이다.
　—이래서 엘시가 우리 형을 찾아간 거였네. 열애설은 무슨 개
뿔!
　—엘시 불쌍하다. ㅠㅠ

—S&H, 사람 새끼들이냐? 돈밖에 모르지.

—우리 형이 엘시를 도와주세요! ㅜ

—S&H, 김현호우한테 덮어씌우려다가 망해 버렸죠? ㅋㅋ

—역시 김현호우!

—엘시 계약 기간 얼마 안 남았다는데 이러다 엘시가 마음 달라져서 어울림 가면 어쩌려고. ㅋㅋㅋ S&H가 실수한 것 같네.

—윗분 말대로 엘시 어울림 가면 좌 엘시, 우 송지유 투탑 체제 아님? 거기다 i2i도 있는데 어울림 무서워질 듯.

—어울림 마드리드? ㅋㅋㅋㅋㅋㅋㅋㅋ

—엘시, 어울림에서 데려가게 청원 운동 합시다, 여러분! ㅇㅋ?

아침부터 엄청난 후폭풍이 몰아쳤다. 고려일보다 웠다. '갑질 논란'이라는 키워드까지 슬쩍 끼워 넣었다.

'갑질 논란'은 현우가 밝힌 진실과 합쳐져 대중들의 분노를 S&H로 향하게 했다.

S&H의 공식 홈페이지가 마비될 정도였다. 걸즈파워의 공식 팬클럽 파워S도 자체 보이콧을 선언했다.

엘시의 극성팬들은 아예 S&H 본사로 몰려가 검은 마스크를 쓰고 침묵시위까지 했다.

오직 분노만이 온라인과 오프라인을 뒤덮고 있는 건 아니었다. 대한민국은 혼란에 빠져 있었다. 대한민국에서 가장 인기 있는 탑 아이돌 엘시가 실종되었다.

어디에 있는지, 무엇을 하고 있는지 도저히 알아낼 길이 없었다.

항간에서는 자살을 한 것이 아닌가 하는 우려도 쏟아졌다. 연예 기사뿐만 아니라 공중파 뉴스에서도 엘시의 실종을 특종으로 다룰 정도였다.

'미안합니다, 다연 씨.'

SUV 안에서 현우는 자책하고 있었다. 어쨌든 현우가 엘시의 실종을 언론에 알려 버린 셈이다.

그녀가 선택한 잠시 동안의 휴식은 그녀의 바람과 다르게 이제 얼마 남지 않게 되어버렸다.

"젠장! 젠장!"

현우는 주먹으로 핸들을 내려쳤다. 이렇게까지 하고 싶지 않았지만 어쩔 수가 없었다. 가만히 보고만 있게 되면 S&H에서 또 어떻게 나올지 현우도 더 이상은 예측이 되지 않았다. 최선의 방법은 엘시 그녀를 찾는 것뿐이었다.

똑똑.

누군가 창문을 두드렸다. 현우가 고개를 돌렸다.

철컥.

문이 열리며 모자를 깊게 눌러쓴 여자가 올라탔다.

걸즈파워의 유나였다. 아시아 투어 중간에 현우의 연락을 받고 급히 귀국했다.

"대표님, 바로 가요."

"갑시다, 유나 씨."

부아앙!

하얀색 디스커버리 차량이 아침 안개를 뚫고 빠른 속도로 인천 국제공항을 벗어났다.

목적지는 엘시 그녀가 있는 곳이었다.

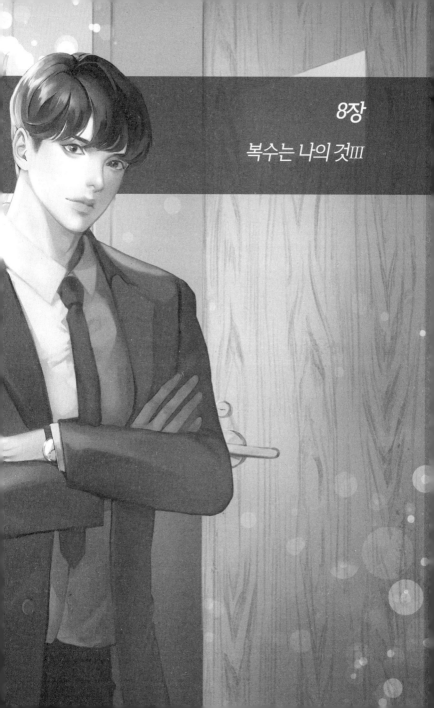

8장

복수는 나의 것 III

하얀색 SUV가 서울을 벗어나고 있다. 현우도, 그리고 걸즈
파워 유나도 긴장한 상태였다.

드르륵, 드르륵.

유나의 핸드백 속에서 계속 핸드폰이 울려댔다.

현우가 슬쩍 유나를 쳐다보았다. 벌써 한 시간 넘게 주기적
으로 핸드폰이 울리고 있었다. 핸드폰이 울릴 때마다 유나의
표정이 점점 어두워졌다.

"괜찮습니까, 유나 씨?"

현우는 걱정이 되었다. 유나 본인이 함께 엘시를 찾으러 가

자는 제안을 하긴 했지만, 아시아 투어 도중에 한국으로 귀국한 유나였다. 유나가 사라진 것을 알게 된다면 S&H 쪽에서도 난리가 날 것이 분명했다.

"괜찮아요. 저 그동안 매니저 오빠들 말이라면 진짜 잘 들었어요. 이해해 줄 거예요. 힝. 그냥 꺼놓을게요."

결국 유나가 핸드백에서 핸드폰을 꺼내 들었다. 진동이 멈춘 지 불과 몇 초도 되지 않아 또 핸드폰이 울렸다.

"어?"

"무슨 일입니까?"

"우리 멤버들이에요."

영상통화였다. 걸즈파워 멤버들의 목소리가 마구 뒤섞여 들려왔다. 현우는 일단 차를 갓길에 세웠다.

─유나야, 다연이 찾았어?

─찾기는 뭘 찾아. 이제 한국 도착했을걸.

"방금 막 서울 지났어요, 언니들."

─그치? 유나야, 김현우 대표님 바꿔봐!

─맞아! 대표님!

멤버들의 성화에 유나가 현우에게 핸드폰을 넘겼다. 슬쩍 배경을 살펴보니 호텔 같았다. 멤버들이 침대에 옹기종기 모여 있었다.

─대표님, 우리 다연이랑 진짜 사귀시는 거 아니죠? 혹시나

해서요!

현우가 쓴웃음을 머금었다.

"그런 사이 아닙니다. 그러니까 걱정 말아요, 레베카 씨."

―아뇨! 차라리 그런 사이였으면 좋겠어요! 다연이 꼭 데리고 오세요! 부탁드릴게요!

―다연이만 무사히 데리고 와주세요, 김현우 대표님! 그럼 시키는 대로 다 하겠어요!

―뭐래, 멍청아.

―이 화상들! 이 와중에 장난칠 생각이 들어? 유나야, 아시아 투어는 걱정 말고! 언니들이 있잖아!

걸즈파워 멤버들의 응원이 쏟아졌다.

―다연이 행복하게 해주세요, 대표님!

크리스틴이라는 멤버가 묘한 말을 남기며 영상통화를 급히 종료해 버렸다. 순식간에 폭풍이 지나간 것 같은 기분이다.

현우는 어안이 벙벙했다.

"언니들이 원래 장난이 심해요. 하지만 다연 언니를 걱정하는 건 진심이에요."

"알고 있습니다. 그러니까 매니저들까지 속여가면서 유나 씨를 한국으로 보내준 거 아닙니까?"

"네, 그렇긴 해요."

유나가 작게 웃었다. 그러다 슬쩍 현우의 눈치를 살폈다.

"기사 때문에 많이 곤란하셨죠, 대표님?"

"저는 괜찮습니다. 그런데 다연 씨가 걱정입니다. 어쨌든 다연 씨의 상태를 밝힌 건 우리 어울림이니까요."

현우의 표정이 좋지 못했다. 어쩔 수 없는 상황이긴 했지만 엘시의 불안한 상태를 온 국민이 다 알게 되어버렸다. 추후 연예계 활동에 있어서 제약을 받을 수도 있었다.

유나가 조용히 고개를 끄덕거렸다. 그러더니 조심스레 현우의 팔을 살짝 잡고 흔들었다. 현우가 유나 쪽으로 고개를 돌렸다.

"차라리 잘된 것 같아요. 다 밝혀졌으니까 이제 언니도 좀 쉴 수 있을 거고, 회장님이랑 실장님도 더 이상 억지를 부리시지는 못할 거예요."

"그렇게 말해줘서 고맙습니다."

"아니에요. 진짠데."

그렇게 말하고 유나가 손가락을 꼼지락거렸다. 사실 현우에게 하고 싶은 말이 더 있었지만 말을 꺼내기가 어려웠다.

그저 한숨만 들이켰다. 그사이 현우가 다시 시동을 걸었다.

"자, 그럼 갑시다."

부르릉!

하얀색 SUV가 엔진 소리를 토해내며 다시 고속도로를 달리기 시작했다.

가게 문 앞에 '오늘은 쉽니다'라는 작은 팻말이 걸려 있다. 돈가스 가게가 분주했다. 김정우는 주방에서 음식을 만드느라 정신이 없었다. 그리고 테이블에 앉아 엘시와 최미선이 김정우를 바라보고 있었다.

"정우 오빠가 요리하는 모습이 아직도 신기해요, 미선 언니."

"나도 가끔은 그런 생각을 해. 라면도 제대로 못 끓이던 남자였잖아?"

"맞아요. 숙소에서 멤버들이랑 쉬고 있는데 돈가스 해준다고 하더니 홀랑 다 태워 버리고. 그때 진짜 웃겼는데."

엘시가 활짝 웃으며 최미선의 품에 잠들어 있는 김수연의 머리를 쓰다듬었다.

"수연이는 좋겠다. 엄마랑 아빠랑 공기 좋고 걱정도 없는 곳에서 살아서."

주방에서 두 사람을 지켜보고 있던 김정우의 얼굴이 미세하게나마 굳었다가 펴졌다.

엘시와 최미선이 이야기를 나누는 사이 김정우는 완성된 음식을 용기에 정성스레 담았다.

"후우, 이제 준비는 다 됐고."

김정우가 주방에서 나와 최미선으로부터 딸 김수연을 안아 들었다. 그리고 엘시에게는 바구니를 건네었다.

"그럼 가을 소풍 떠나볼까?"

"출발!"

엘시가 힘차게 소리쳤다.

가게를 나온 세 사람은 낡은 승용차를 타고 강원도의 해안 가를 달렸다. 가을로 접어든 강원도는 단풍이 진하게 내려앉 아 있었다.

"좋다. 진짜 좋다."

엘시는 창문을 활짝 열고 푸른 해안가와 단풍으로 물든 산 을 두 눈에 담았다. 어느새 콧노래까지 흥얼거렸다.

한참을 달려 도착한 곳은 강원도 외진 곳의 작은 해변이었 다. 관광객은 잘 찾지 않는 곳이라 사람들의 모습은 보이지 않았다.

해변 근처에 차를 세우고 백사장 근처 널따란 바위로 김정 우가 돗자리를 깔았다. 그리고 조심스레 딸아이를 눕혔다.

"다 왔더요?"

김수연이 눈을 비비고 일어났다.

"수연이 자고 있는 거 아니었구나? 수연이 아빠한테 안겨서 자는 척했지?"

"헤헤, 이모."

김수연이 엘시한테 애교를 부렸다. 엘시도 헤헤 웃으며 김수연을 품에 안아주었다.

돗자리 위로 먹음직스러운 음식이 하나둘 펼쳐졌다. 돈가스부터 떡볶이, 샌드위치, 과일, 그리고 직접 타온 커피까지 제법 푸짐하게 한 상이 차려졌다.

"건배!"

"건배?"

김정우가 눈썹을 찌푸렸다. 엘시가 별안간 맥주 캔을 내밀었다. 그러더니 백 팩에서 맥주 캔 여러 개를 더 꺼내 들었다.

"짜잔!"

"너 이 맥주 어디서 났어?"

"아침에 몰래 슈퍼에서 사서 숨겨났지요."

"맥주는 안 된다. 너……."

김정우가 순간 말을 잇지 못했다. 맥주 캔을 빼앗으려던 손이 허공에서 멈추었다.

"내가 아직도 열여덟 살 이다연 같아요? 스물한 살 엘시 몰라요? 그러니까 같이 마셔요."

"그래도 안 된다."

김정우가 엘시로부터 맥주 캔을 빼앗으려 하자 엘시가 맥주 캔을 얼른 뒤로 숨겼다. 엘시가 우울한 표정을 했다.

"약속했잖아요. 어른이 되면 같이 술 마셔준다고 했잖아요."

"다연아."

최미선까지 김정우의 팔을 붙잡고 고개를 저었다. 결국 김정우는 피식 웃고 말았다.

"잊었어요?"

"아니, 안 잊었어. 근데 정확히는 소주였다. 이런 맥주 말고."

"그럼 소주 사 올까요?"

엘시가 그새 밝아졌다.

"맥주만으로도 충분하지. 그럼 스물한 살 엘시는 술 얼마나 잘 마시는지 한번 보자."

"내가 따줄게요."

엘시가 맥주 캔을 따서 김정우에게 건넸다.

"짠!"

두 사람은 건배를 하고 맥주 캔을 입으로 가져갔다.

엘시는 강원도 바다를 바라보며 맥주를 홀짝였다. 사색에 잠겨 있는 엘시를 그저 김정우는 조용히 지켜보기만 했다.

"많이 컸네."

엘시가 고개를 돌려 김정우를 빤히 바라보았다.

"수연이 말하는 거죠?"

"아니, 다연이 너를 말하는 거야."

"……."

김정우도 엘시처럼 강원도 바다를 바라보았다. 그리고 조용히 속삭였다.

"미안하다."

"……."

엘시의 눈동자가 흔들렸다. 생전 처음 들어보는 말이었다.

"돌이켜 생각해 보면 그렇게 너희들을 떠나는 게 아니었어. 그런데 그때는 미선 씨랑 어린 수연이를 지켜야 한다는 생각밖에는 할 수가 없었어. 다연이 네가 그렇게까지 힘들어할 줄 알았다면 나도 너희들을 쉽게 떠나지 않았을 거야. 미안하다, 다연아."

"다 지난 일이잖아요. 미안해할 것 없어요. 미안한 사람은 나예요. 내가 그때 오빠를 지켜줬더라면 오빠도 꿈을 포기하지는 않았을 텐데. 그땐 내가 너무 어렸어요. 미안해요."

엘시가 소매로 슥 눈물을 훔쳤다.

"그 시절로 돌아갈 수 있었으면 참 좋겠다."

엘시의 작은 바람에 김정우가 피식 웃었다.

"난 지금도 나쁘지 않아. 미선 씨도 많이 건강해졌고 수연이도 잘 자라고 있으니까."

"그럼 나는요? 좀 서운하다."

"다연이 네가 어때서? 대한민국 최고의 아이돌 엘시잖아. 다연이 네가 노력해 온 세월까지는 부정하지 않았으면 좋겠다. 그저 너랑 나랑은 다른 운명, 다른 삶을 살고 있을 뿐이야. 그리고 나는 불행하지 않아. 미선 씨랑 수연이도 그럴 거야."

"다연아, 정우 씨 말처럼 우린 불행하지 않아."

최미선까지 행복하다며 말하고 있다. 엘시가 김수연에게 물었다.

"수연이는 행복해?"

"웅! 아빠도 좋고 엄마도 좋고 우리 가게도 좋고 다 좋아!"

"녀석."

김정우가 딸아이의 머리를 쓰다듬었다.

"이제 죄책감은 가지지 말았으면 해. 보다시피 우리 가족은 잘 살고 있잖아? 매니저라는 꿈도 다 이룬 거나 마찬가지야. 다연이 너는 내가 키운 거잖아. 걸즈파워도 내가 키웠어. 대한민국 최고의 아이돌을 만들어냈으면 그걸로 충분해. 더는 욕심 없어."

엘시가 고개를 숙인 채로 주르륵 눈물을 흘렸다. 가슴속에 깊게 박혀 있던 가시가 더 이상 느껴지지 않았다. 그런데 자꾸만 눈물이 흘렀다.

　　　　＊　　　　　　＊　　　　　＊＊

　강원도 시골 바다가 노을로 물들어 있다. 어느새 엘시의 앞쪽으로 기다란 그림자 두 개가 드리워졌다.

　"언니."

　유나가 뒤에서 엘시를 껴안았다. 김정우가 자리에서 일어나 현우를 향해 손을 내밀었다.

　"잘 오셨습니다. 김정우입니다."

　"김현우입니다. 연락해 주서서 정말 감사합니다, 매니저님."

　"매니저요? 하하!"

　김정우가 살짝 웃었다. 다 지난 일이었다.

　"다연 씨로부터 이야기 많이 들었습니다. 자기가 알고 있는 최고의 매니저라고 칭찬이 말도 못했습니다."

　"그랬습니까? 저도 다연이한테 김현우 대표님 이야기를 들었습니다. 저랑 많이 닮았다고 하더군요. 그런데 정말 닮은 게 맞는지는 모르겠군요."

　"아빠랑 진짜 닮았어."

　김수연이 현우와 김정우를 번갈아 쳐다보며 말했다. 현우와 김정우가 동시에 피식 웃었다.

　그 모습에 최미선이 깜짝 놀랐다.

　"닮긴 닮았네요. 특히 웃을 때는 정말이지 똑같아요."

"그럼 형님이라고 하겠습니다. 저희 형님이랑 이름도 비슷한데."

"어머, 그래요?"

최미선이 더욱 놀랐다.

그사이 엘시가 유나의 부축을 받고 일어났다. 현우의 시선이 엘시에게로 향했다. 얼마나 울었는지 얼굴에 핏기가 하나도 없었다. 다행인 건 엘시가 후련한 표정을 하고 있다는 것이다.

"오랜만입니다. 와인 사달라고 했으면서 전화기는 왜 꺼났습니까?"

현우는 엘시를 책망하지 않았다. 그저 가볍게 농담을 건넸다. 엘시도 자그맣게 웃었다.

"충전기는 가져오셨어요? 충전기가 없어서 충전을 못 했어요."

"차에 충전기 있습니다."

노을이 진 해변이 잠시 침묵으로 물들었다. 이별의 시간이 다가오고 있었다. 엘시가 김정우 가족을 두 눈에 담았다.

"나 잊지 말아요."

"이모를 왜 잊어? 또 놀러 오면 되잖아. 바보 이모."

김수연의 말에 엘시가 까르르 웃었다.

"진짜 그러네. 근데 이모가 서울 가면 또 바빠질 텐데."

엘시도 그랬고 유나도 근심 어린 표정을 지었다. 서울로 돌아가면 넘어야 할 산이 여러 개나 그녀들을 기다리고 있었다. 아마 전보다 더 바쁜 스케줄을 소화해야 할 것이다.

그런데 갑자기 김정우가 현우에게 손을 내밀었다. 현우도 김정우의 손을 마주 잡았다.

"대표님, 앞으로 우리 다연이를 부탁드리겠습니다."

"오빠?"

엘시가 두 눈을 크게 떴다. '부탁'이라는 말이 담고 있는 뜻을 알고 있기 때문이다. 유나도 이러지도 저러지도 못 하고 있었다.

"당연히 책임은 질 생각입니다."

"책임이라고 하셨어요?"

엘시가 당황해했다. 반면 김정우는 안도했다. 김현우라는 남자는 믿을 수 있을 것 같다는 생각이 들었다.

"뭐가 어떻게 된 거예요?"

혼자만 상황을 모르는 엘시였다. 유나가 자신의 핸드폰을 엘시에게 보여주었다.

"대표님이 김현호우예요?"

"네. 제가 그 김현호우입니다."

현우가 머리를 긁적였다.

유나가 요 며칠 세간을 들썩이기 한 기사들을 조목조목 엘시에게 보여주었다. 뒤늦게 상황을 파악한 엘시가 복잡 미묘한 얼굴을 했다.

생각한 것보다 훨씬 일이 커져 버린 상황이다. 현우와의 열애설이 연예 일간지 1면에 실렸고, 소속사 S&H와 어울림 엔터테인먼트 간에 치열한 공방전이 오고 갔다. 뉴스에서는 걸즈파워의 엘시가 실종되었다며 연일 다루고 있었다.

엘시가 입술을 깨물었다.

"죄송해요. 정말 죄송해요."

또 눈물이 그렁그렁했다. 현우에게 미안하고 고마웠다. 열애설까지 터지고 피해만 주었는데도 현우는 자신을 책임지겠다는 말을 아무런 대가 없이 했다.

"어차피 벌어진 일입니다. 각오는 하고 있어요? S&H랑 정면으로 부딪칠 각오도 해야 합니다. 물론 우리 어울림이 최대한 다연 씨를 지원할 겁니다."

"네, 저 할 수 있어요!"

엘시가 눈물을 훔치며 다부진 목소리로 대답했다.

현우는 엘시와 유나를 위해 자리를 비켜주었다. 김정우 가족과 걸즈파워의 두 멤버가 아쉬움을 뒤로한 채 서로에게 손을 흔들었다.

*　　　　*　　　　*

철컥.

SUV 문이 열리며 현우가 운전석으로 앉았다. 양손에는 휴게소에서 산 음식이 가득 들려 있었다.

알감자, 호두과자, 오징어 버터구이 등 종류도 다양했다. 현우는 우선 캔 커피부터 엘시와 유나에게 건넸다.

"와아, 이거 진짜예요?"

엘시가 핸드폰을 현우에게 내밀었다. '김현우 대표님, 엘시를 어울림으로 데려가 주세요!'라는 제목의 청원 게시 글에 무려 30만 명이 넘는 사람들이 참여한 상태였다.

"그거 진짜입니다. 저도 어쩔 수가 없다고 아까 말했죠? 이제 실감이 좀 납니까?"

"네. 근데 김현호우라고 자꾸 댓글이⋯⋯."

엘시는 애써 웃음을 참고 있었다. 양 볼 가득 알감자를 먹고 있는 유나는 대놓고 킥킥대고 있었다.

현우는 쓰게 웃으면서 엘시를 살펴보았다. 어딘지 모르게 분위기가 많이 달라져 있었다. 우울하던 분위기도 이제는 거의 느낄 수가 없을 정도였다. 물론 우울증이라는 병의 무서움을 간과할 생각은 없었다. 하지만 김정우를 만난 이후로 정신적으로 많이 안정이 된 것 같아 마음이 놓였다.

"그럼 앞으로의 스케줄을 말해주겠습니다."

"스케줄이라고 하셨어요?"

엘시가 새삼 감동을 받은 얼굴을 했다. 현우는 잠시 멈칫했다. 감정 기복이 심한 엘시였다.

"뭐 아직까지는 실감나지 않을 겁니다. 나도 그러니까요."

결국 엘시의 커다란 눈동자에 눈물이 그렁그렁 고였다. 유나가 조용히 엘시의 눈물을 닦아주었다.

"서울 도착하면 당분간 지유 집에서 지내요. 일이 완벽하게 해결되기 전까지는 거기 있는 게 좋을 겁니다."

"대표님, 저랑 다른 언니들도 어떻게 안 될까요? 갑자기 다연 언니가 부러워졌어요."

알감자 한 통을 싹 비운 유나가 진지하게 말했다. 현우는 길게 한숨을 내쉬었다. 성숙한 것 같으면서도 은근히 아이 같은 면이 있는 유나였다.

'우리 하나가 나중에 저렇게 되려나.'

*   *   *

서울로 돌아온 현우는 유나를 공항에 내려주고 곧장 강남으로 향했다.

"어, 태명아. 내가 부탁한 건?"

―연락을 해놓기는 했는데 괜찮을까? 이건 너무 대놓고 아

니야? 여론이 절대적으로 우리 편이긴 하지만 그쪽에서 고집을 피우면 소용없는 일이야.

"30만 동생들이 나를 지켜주고 있는데 뭐가 걱정이냐? 괜찮아. 나도 다 생각이 있어."

―하아, 진짜 우리 형 행세라도 할 셈이야?

"대중들이 원하면 호우 세리머니도 할 생각인데?"

―지독한 녀석. 옆에 엘시 씨 있어?

"응. 옆에 있어."

엘시가 현우를 쳐다보았다.

"대표님?"

"태명이랑 통화 좀 해볼래요?"

"손 실장님요? 네, 좋아요!"

현우가 스피커폰 모드로 전환했다.

―엘시 씨?

"네, 실장님! 감사하고 죄송합니다. 저 때문에 힘드셨죠?"

―힘들기는요. 이제 한 식구가 될 사람인데요. 현우만 믿고 잘하고 와요. 알았죠?

"네, 나중에 뵈어요!"

―그래요. 그리고 현우야, 너만 믿는다.

"오케이. 걱정 마라. 전화할게. 지유한테는 네가 따로 연락 좀 해줘."

—오케이!

통화가 끝났다.

하얀색 SUV가 어느새 S&H의 본사 앞으로 들어섰다. 그리고 수없이 많은 기자들이 기다렸다는 듯 현우의 차로 몰려들었다.

플래시가 정신없이 터졌다.

"청심환 먹을래요?"

"있어요?"

"네. 송지유 전용 청심환이라 잘 들을 겁니다. 두 번째 사용하는 거긴 하지만."

"주세요."

현우는 조수석에서 청심환 하나를 꺼내 건넸다. 엘시가 비장한 표정으로 청심환을 오독오독 씹어 먹었다.

"갑시다."

"네!"

현우가 먼저 차에서 내렸다. 뒤이어 내린 엘시가 현우의 팔을 굳게 붙잡았다.

순식간에 기자들이 현우와 엘시를 둘러쌌다. 플래시 세례와 함께 질문이 쏟아졌다.

현우는 오른손을 들어 보이며 혼란스러운 장내를 진정시켰다.

"정식 인터뷰를 진행하고 싶습니다! 기자님들, 자리 좀 만들어주시면 감사하겠습니다!"

기자들이 일사불란하게 좌우로 물러섰다. 현우는 하얀색 SUV를 배경으로 엘시와 나란히 섰다.

그렇게 순식간에 간이 기자회견장이 만들어졌다.

현우의 팔을 붙잡고 있는 엘시의 손에 힘이 더 들어갔다. 현우는 고개를 돌려 엘시를 내려다보았다.

"괜찮습니다. 아무 걱정 말고 인터뷰해요."

"네, 대표님."

엘시가 심호흡을 했다. 그리고 한 발짝 걸음을 옮겨 앞으로 나섰다. 기다렸다는 듯 기자들이 플래시를 터뜨렸다.

"안녕하세요. 엘시입니다. 우선 걱정을 끼쳐 드려서 정말 죄송합니다. 몸 건강히 무사히 돌아왔어요. 다시 한 번 죄송하다는 말씀을 드리겠습니다."

엘시가 꾸벅 고개를 숙여 보였다.

그러자 기자 한 명이 기다렸다는 듯 손을 번쩍 들었다.

"스포츠 매거진의 김대성 기자입니다. 제가 첫 질문을 드리겠습니다. 불면증과 우울증이 심하다고 들었습니다. 그리고 아시아 투어까지 불참하면서 잠적한 배경에 소속사와 갈등이 있었다고 하는데, 사실입니까?"

평소였다면 더없이 까다로운 질문이었을 것이다. 하지만 엘시는 이미 모든 것을 각오한 상태였다. 더 이상 물러설 곳이 없었다.

입을 열려는 찰나 현우가 엘시의 앞을 가로막았다.

"대표님?"

"이제부터는 제가 대답하겠습니다. 다연 씨는 체력을 아껴요. 아직 본게임은 시작도 안 했으니까."

"네? 네."

현우는 엘시를 안심시키기 위해 빙그레 웃었다. 그리고 기자들을 향해 입을 열었다.

"다연 씨 대신 제가 답변해 드리겠습니다. 현재 다연 씨는 우울증 관련 치료가 필요한 상황입니다. 그동안 바쁜 스케줄 때문에 치료를 받은 적이 없습니다. 그리고 아시아 투어 불참은 소속사와의 갈등이 그 원인 맞습니다."

"엘시 씨, 그렇다면 김현우 대표님과 어울림 엔터테인먼트 측의 기존 주장이 모두 사실이라는 말입니까?"

"네, 맞습니다."

김대성 기자가 재차 확인했고, 엘시는 고개를 끄덕여 확인해 주었다.

기자들이 웅성거렸다. 어울림 엔터테인먼트 측의 공식 입장이 사실이 아니라며 S&H에서는 대대적으로 보도 자료를 뿌리고 있었다.

그런데 어울림 엔터테인먼트 측에서 고려일보를 통해 내놓은 공식 입장이 진실이라는 것이 당사자 엘시를 통해 드러났다.

김대성 기자가 다시 손을 들었다.

"이번에는 김현우 대표님께 묻겠습니다. 지금 인터넷 청원이 35만 명을 돌파했다고 합니다. 오늘 대표님께서 엘시 씨와 함께 나타난 것은 청원을 긍정적으로 검토하고 있다는 것으로 생각해도 됩니까?"

핵심적인 질문이었다. 다른 기자들까지 숨을 죽이고 현우의 입만 살피고 있었다. 현우는 잠시 숨을 골랐다.

"네, 그렇습니다. 다연 씨의 불면증과 우울증 관련 사실이 밝혀진 것은 어떻게 보면 저희 어울림 엔터테인먼트 때문이라고도 할 수 있습니다. S&H 측의 오해를 불러일으킨 것도 어쩌면 그날 사진 속의 저 때문이라고도 할 수 있겠죠. 그래서 저희 어울림 엔터테인먼트는 걸즈파워의 엘시를 정식으로 영입하고자 합니다. 물론 국민 여러분의 바람과 응원이 가장 컸습니다."

S&H 사옥 앞에 모인 기자들이 눈동자를 빛냈다. 현우의 발언은 엄청난 파장을 불러일으킬 만한 사안이었다.

S&H의 간판 걸즈파워의 리더인 엘시를 영입한다? 보통 기획사들의 상식으로는 쉽게 결정을 내릴 수가 없는 일이다. 소속사 간의 치열한 분쟁도 있을 것이고, 업계의 눈초리도 있을

것이 분명했다.

더군다나 상대는 거대 기획사 S&H였다. 쉽지 않은 싸움이 될 수도 있었다.

"그렇다면 말입니다. 두 분의 열애설은 사실로 받아들여야 하는 겁니까?"

다른 기자 한 명이 질문을 던져왔다. 분쟁을 각오하면서까지 엘시를 영입하겠다는 그 배경으로 두 사람의 관계를 의심할 수밖에 없는 상황이었다.

엘시가 미안한 표정으로 현우를 쳐다보았다. 하지만 현우는 피식 웃어버렸다.

"다시 한 번 말씀드리지만 열애설은 절대 사실이 아닙니다. 다연 씨를 사석에서 본 건 오늘이 두 번째입니다. 아무리 다연 씨가 예쁘다고는 하지만 두 번 보고 사람을 만날 수는 없지 않습니까? 그리고 저는 그렇다 쳐도 다연 씨한테는 큰 실례일 겁니다. 연예계에서도 철벽 아이돌로 유명하다고 들었거든요. 아마 제가 까일 겁니다."

진지한 표정으로 내뱉는 농담에 몇몇 기자가 웃었다.

이번에는 고려일보의 신입 기자가 질문을 던졌다.

"대표님, 엘시 씨를 정식으로 영입하기 위해서는 S&H와의 분쟁은 피할 수가 없을 텐데요. 큰 리스크를 감수하시는 이유가 있다면 말씀해 주실 수 있습니까?"

"어울림을 물려받고 연예 기획사 대표가 된 지 이제 1년도 되지 않았습니다. 그동안 운이 좋아서 이 자리까지 왔다고 생각합니다. 아직 제가 연예계에 대해서는 기자님들만큼 잘 알지 못합니다. 하지만 한 가지 사실만큼은 똑똑히 알고 있습니다. 연예인은 상품이 아닙니다. 연예인도 사람입니다. 쉴 때는 쉬어야 하고 노래를 부르기 싫은 날에는 노래를 부르지 않을 권리도 있습니다. 몸이 좋지 않으면 치료를 받아야 합니다. 하지만 대한민국 연예계 현실은 어떻습니까? 연예인은 상품입니다. 투자를 한 만큼 훌륭한 상품을 만들어낸다고 생각합니다. 그리고 투자한 만큼, 아니, 그 이상을 돌려받기 위해 안간힘을 쓰죠. 이해는 합니다. 하지만 S&H는 그 도가 지나쳤다고 생각합니다. 연예계에 종사하는 한 사람으로서 더 이상은 가만히 보고 있을 수가 없었습니다."

진중한 현우의 모습에 기자들까지 덩달아 진지해졌다.

"무엇보다도 35만 동생들의 바람을 외면할 수가 없었습니다."

기자 중 누군가가 조용히 '김현호우!'라고 중얼거렸다. 그러자 기자들이 박장대소했다. 현우 역시 크게 웃었다.

"오늘 인터뷰는 여기까지 하겠습니다. 조만간 다시 자리를 마련하겠습니다."

"이제 S&H 이장호 회장님을 만날 계획이십니까?"

스포츠 매거진의 김대성 기자가 마지막 질문을 했다. 현우는 고개를 끄덕거렸다.

"예, 그럴 계획입니다. 부디 좋은 결과가 있도록 응원 부탁드리겠습니다."

현우와 엘시가 고개를 꾸벅 숙였다.

"갑시다, 다연 씨."

"네."

마침내 두 사람은 S&H 사옥 입구로 향했다. 기자들이 두 사람의 뒷모습을 카메라에 담았다.

*　　　*　　　*

고요하다 못해 적막했다. 하지만 현우는 그 어느 때보다도 긴장하고 있었다. 마치 전쟁터의 한복판에 서 있는 것 같았다.

현우와 엘시를 향해 S&H의 직원들의 시선이 쏟아졌다. 엘시가 자꾸만 움츠러들었다. 얼얼할 정도로 현우의 팔을 굳게 쥐고 있었다.

현우가 걸음을 옮길 때마다 모여 있던 S&H 사람들이 홍해처럼 좌우로 갈라졌다. 걸즈파워 담당 매니저 몇 명이 망설임 끝에 현우와 엘시에게로 다가왔다.

"다, 다연아."

"매니저 오빠, 미안해요. 나 때문에 힘들었죠?"

"아, 아냐. 그동안 우리도 미안했어. 하지만 어쩔 수가 없었어."

매니저들이 미안해하는 얼굴을 했다.

"다 잊었어요. 그러니까 오빠들도 잊어요."

"고마워. 회장님 뵈러 갈 거지? 우리도 같이 가줄게."

그렇게 말하고 매니저들이 현우의 눈치를 살폈다.

"같이 가시죠."

"네, 대표님!"

매니저들의 보호 아래 현우와 엘시가 회장실 문 앞에 당도했다. 매니저 한 명이 문을 두드렸다.

"회장님, 다연 씨가 왔습니다. 그, 그리고 기, 김현우 대표님도 함께 오셨습니다."

매니저가 덜덜 떨며 말했다. 철컥 문이 열리며 딱딱한 표정의 이석우 실장의 모습이 보였다.

"들어오게."

현우와 엘시는 나란히 회장실로 들어가 소파에 앉았다. 이장호 회장이 물끄러미 현우와 엘시를 쳐다보았다.

찰나의 순간이 길게만 느껴졌다. 이장호 회장이 천천히 입을 열었다.

"잘 왔다. 그동안 어디에서 무얼 하고 지낸 거냐?"

엘시가 천천히 고개를 들었다.

"정우 오빠를 찾아갔었어요."

"김정우? 결국 그놈을 찾아간 게냐?"

"네. 그러면 안 되나요?"

"다연아!"

이장호가 언성을 높였다.

"왜요? 또 말도 안 되는 스캔들 거론하시면서 협박하게요? 정우 오빠랑 미선 언니, 수연이랑 다 같이 있었어요. 회장님이 생각하는 그런 거 아니라고 했잖아요!"

"다연아, 다 너를 위해서……."

"저를 위한 적이 없으시잖아요. 걸즈파워랑 회사 주가를 걱정하신 거겠죠. 제 말이 틀려요?"

"아니다! 그런 게 아니야!"

"그럼 열애설 기사는 왜 터뜨리셨어요? 저를 버리려고 그러신 거 아니에요?"

"오해다! 강철태 실장이 단독으로 벌인 일이야!"

"아뇨. 이제는 다 상관없어요. 이제 그만 저를 놓아주세요."

엘시가 싸늘한 표정을 했다.

쾅!

이장호가 테이블을 내려쳤다.

"배은망덕하구나! 너를 걸즈파워의 엘시로 만든 건 바로 나야! 내가 언제까지 네 투정을 받아줄 것 같으냐?!"

엘시의 눈동자가 흔들렸다. 손까지 떨었다. 가만히 보고만 있던 현우가 이장호를 똑바로 쳐다보았다.

"목소리를 낮추시는 게 좋을 것 같습니다. 다연 씨 상태가 그리 좋지 못합니다."

현우의 냉정한 말에 이장호가 벌게진 주먹을 불끈 쥐었다. 그리고 현우를 노려보았다.

"김현우, 네가 다연이를 꼬드긴 거냐?!"

현우는 기가 막혔다. 그리고 이장호에게 실망했다. 이장호는 현재 사태를 이성적으로 판단하지 못하고 있었다. 아니, 애써 외면하고 있었다.

순간 욱하던 심정이 차갑게 식어버렸다.

"마음대로 생각하십시오. 하지만 할 말은 하겠습니다. 이미 물은 엎질러졌고 다시 주워 담을 수도 없는 상황입니다. 회장님께서 다연 씨를 믿지 못했듯이 다연 씨도 이제는 회장님과 S&H를 믿지 못할 겁니다. 설명이 더 필요합니까?"

이장호는 아무 대답도 하지 못했다. 소속사와 소속 연예인 간의 신뢰가 깨졌다. 그리고 강철태의 단독 행동 때문에 돌이킬 수 없는 강까지 건너고 말았다.

"여론도 S&H에게 좋지 않게 돌아가고 있다는 것을 잘 알고

계실 겁니다. 고집을 부리신다면 걸즈파워와 다른 멤버들에게
까지 악영향을 끼칠 겁니다."

현우는 냉정하게 지금의 상황을 설명했다.

리더인 엘시가 걸즈파워에서 가장 팬덤이 두텁기는 했지만
유나와 크리스틴, 레베카도 막강한 팬덤을 구축하고 있었다.
엘시가 걸즈파워를 탈퇴하면 타격이 적지 않을 것이다. 하지
만 계속해서 고집을 부리다가는 보이콧을 선언한 걸즈파워의
팬덤과 정말로 끝장이 날 수도 있었다. 더군다나 대중의 시선
이 S&H를 향해 있었다.

"다연 씨를 놓아주십시오. 그러면 저희 어울림 측에서도 더
이상의 대응은 하지 않겠습니다, 회장님."

현우의 제안에 엘시의 눈동자가 커졌다. 오직 자신 한 명
때문에 현우가 이렇게까지 물러서서 제안하고 있는 것이다.

"회장님, 김현우 대표의 말대로 하십시오. 아무 조건 없이
다연이를 놓아주는 게 추후 사태를 수습할 때도 훨씬 수월할
겁니다."

이석우 실장까지 나섰다. 이장호는 깊이 고민했다. 그러다
이석우 실장을 향해 말했다.

"이석우 실장, 계약서 가지고 와."

"네, 회장님."

이석우가 매니저를 시켜 엘시의 전속 계약서를 가지고 왔

다. 테이블 위로 계약서가 펼쳐졌다.

현우가 천천히 엘시의 계약서를 살펴보았다.

계약서를 살펴보던 현우의 얼굴이 점점 굳어졌다. 연습생 기간까지 포함해 13년 계약이었고, 열두 살인 초등학교 5학년 때 계약을 맺어 계약 기간이 4년이나 남아 있었다.

"위약금을 내놓는다면 전속 계약 해지를 고려해 보지."

회장실로 침묵이 내려앉았다. 이석우 실장조차도 표정이 좋지 않았다.

"얼마입니까?"

"10억. 10억만 주면 다연이를 놓아주지."

"회장님, 끝까지 이러실 거예요?"

엘시가 주르륵 눈물을 흘렸다. 이장호는 눈 하나 깜짝하지 않았다.

"다연이 너는 너무 세상 물정을 몰라! 10억이면 위약금 축에도 끼지 못해! 너의 가치가 얼마나 되는 줄 모르는 게냐?! 김현우 저 자식이 널 데려가면 고작 10억만 벌 것 같으냐?!"

이장호가 다시 언성을 높였다.

사업가의 입장에서 본다면 10억의 위약금은 타당한 주장이었다. 그리고 이장호의 말대로 엘시는 대한민국 최고의 아이돌이었다.

하지만 세상이 손가락질하고 있는 마당에 이장호는 손익 계산부터 하고 있었다. 어린 나이부터 고된 연습생 생활을 한 엘시에 대한 걱정과 배려는 찾아볼 수가 없었다.

현우는 화가 났다. 분노가 끓어올랐다.

"저희 어울림이랑 전쟁 한번 해보시겠습니까?"

현우가 이장호를 노려보며 낮게 으르렁거렸다.

"그 말, 책임질 수 있겠나?"

사태가 걷잡을 수 없이 돌아가고 있었다. 엘시가 현우의 팔을 굳게 붙잡았다. 그리고 눈물을 훔치며 입을 열었다.

"그 10억 드릴게요. 그러니까 저 어울림으로 보내주세요."

"다연 씨?"

"다연아!"

현우가 놀란 눈으로 엘시를 쳐다보았다. 반면 이장호의 얼굴은 돌덩이처럼 굳어버렸다.

"가요, 대표님."

엘시가 현우의 팔을 잡아끌었다. 그리고 뒤도 돌아보지 않고 회장실을 나와 버렸다.

"다연 씨, 왜 그랬습니까? 왜 그렇게 말한 거예요?"

"저 때문에 대표님이 더 곤란해지는 건 싫어요. 저 걸즈파워의 엘시잖아요. 그깟 돈, 줘버려요."

"하지만 이건 도를 넘는 처사입니다!"

현우가 엘시의 양어깨를 부여잡으며 소리쳤다.

"제가 전에 말씀드렸잖아요. 돈, 인기, 명예, 이제는 다 필요 없어요. 그냥 대표님이랑 지유, 손태명 실장님처럼 좋은 사람들 이랑 있고 싶어요. 그러니까 이제 그만해요. 그동안 대표님만 저를 도와주셨잖아요. 저도 대표님을 도와 드리고 싶어요."

"하아……!"

아무런 말 없이 현우가 엘시의 어깨에서 손을 떼었다.

"저 하나 때문에 대표님이랑 어울림 식구들이 큰 어려움을 겪게 할 수는 없어요. 그리고 회장님이 전속 계약 해지 해주 신다고 하는 것만으로도 대표님은 충분히 저를 도와주신 거 예요. 그러니까요, 대표님."

엘시가 울먹였다. 그리고 그 순간 현우는 차갑게 머리가 식 는 것을 느꼈다. 상태가 온전하지 못한 엘시였다. 더 이상 고 집을 부릴 수는 없었다.

"알겠습니다."

"기다려요, 대표님."

"그래요."

엘시가 현우를 뒤로한 채 회장실로 향했다.

쾅!

거칠게 문이 열렸다. 이장호가 엘시를 쳐다보았다.

"다, 다연아, 마음이 바뀐 게냐?"

"아뇨. 10억이라고 하셨죠? 바로 보내 드릴게요. 그러니까 회장님이랑 저, 다시는 보지 말아요. 스치지도 말아요."

엘시가 싸늘하게 쏘아붙였다. 그리고 테이블 위에 놓여 있는 계약서를 북북 찢어버렸다. 종이 쪼가리가 된 계약서가 회장실 여기저기로 흩어졌다.

*　　　*　　　*

[걸즈파워 엘시, 김현우 대표와 함께 나타나다!]

[엘시, 국민 여러분에게 죄송하다 심경 밝혀!]

[김현우 대표, S&H 본사 앞에서 공식 입장 발표!]

[어울림 엔터테인먼트, 걸즈파워 엘시 정말로 영입하나?]

오늘 오후 7시. 어울림 엔터테인먼트의 김현우 대표가 자취를 감추었던 걸즈파워 엘시와 함께 S&H 본사 앞에 모습을 드러내었다. 엘시는 그간 심려를 끼쳤다며 사과의 말을 전해왔다. 또한 어울림 엔터테인먼트 측의 공식 입장이던 우울증과 불면증, 또 소속사와의 갈등은 진실이라고 전해왔다. 김현우 대표는 국민 여러분의 성원에 힘입어 추후 걸즈파워의 엘시를 어울림 엔터테인먼트로 영입하겠다는 의지를 보였다. 현재 김현우 대표와 엘시는 담판을 짓기 위해 S&H 사옥으로 들어간 상태이다.

기사와 함께 현우와 엘시의 인터뷰가 담긴 동영상도 첨부되어 있었다.

　—헐. 진짜 엘시, 어울림에서 데리고 가는 건가?

　—국민 청원 35만 명 돌파했음! ㅋㅋ

　—엘시 불쌍하다. S&H, 그냥 보내줘라, 양심 있으면. ㅇㅋ?

　—김현호우가 애당초 거짓말을 했을 리가 없지. 안 그럼?

　—S&H에서 쉽게 보내줄 리가 없음;;

　—어떤 결과가 나올지 내가 다 떨려. ㅎ;

　—엘시까지 데리고 가면 어울림 돈방석이네. ㅋ

　—엘시 나가면 걸즈파워는 어떻게 되는 거지?

　—걸즈파워도 계약 끝나지 않음? 곧?

　—혼돈의 카오스다. 과연 이장호가 어떻게 대응을 할지. ㅋㅋ

　—우리 형 클라스!

　—김현호우!

　—호우! 호우!

　실시간으로 댓글이 수없이 달리고 있었다. 대중들은 속보로 올라온 기사를 보며 온갖 추측과 함께 마음을 졸이고 있었다.

기다림 끝에 현우와 엘시가 S&H 본사에서 걸어 나왔다. 기자들이 우르르 몰려들었다.

현우는 엘시를 살폈다. 이장호 회장 앞에서 감정을 쏟아낸 여파인지 엘시가 급격하게 다운되어 있었다. 감정적으로 많이 지쳐 보였다.

"차 안에 들어가 있을래요?"

"그래도 될까요?"

"네, 그게 좋겠습니다."

그사이 기자들이 달라붙었다.

"김현우 대표님, 어떻게 된 겁니까? S&H 측의 입장은요?"

"S&H에서 전속 계약 해지를 받아들인 겁니까?"

현우가 엘시를 등 뒤로 숨겼다.

"지금 다연 씨 상태가 그리 좋지 못합니다. 양해를 구하겠습니다, 기자님들. 다연 씨 대신에 제가 입장을 밝히겠습니다."

고맙게도 기자들이 슬금슬금 뒤로 물러나 주었다. 현우는 서둘러 엘시를 SUV에 태웠다. 문을 닫기 전 엘시가 현우의 팔을 붙잡았다.

"절대 맞서지 마세요. 아셨죠?"

엘시는 현우를 걱정하고 있었다. 현우가 피식 웃었다.

"걱정하지 말아요. 감당 못 할 짓은 절대 안 합니다."

철컥!

현우는 조수석 문을 닫았다. 그리고 기자들 앞으로 당당히 섰다.

"우선 다연 씨와 S&H 간의 전속 계약은 며칠 내로 해지될 겁니다."

"오오!"

기자들이 탄성을 질렀다.

"S&H 측에서 순순히 전속 계약 해지를 받아들이던가요, 대표님?"

스포츠 매거진 김대성 기자가 물어왔다. 현우는 고개를 저어 보였다.

"기자님들 말씀대로 쉽지 않았습니다. 사실 저는 법정 싸움도 각오했습니다만, 다연 씨가 저를 말렸습니다. 그리고 위약금으로 10억을 지불하기로 결정했습니다."

"10억이라고 하셨습니까?"

기자들의 표정이 좋지 못했다. 사실 위약금 10억이면 엘시의 위상을 고려해 봤을 때 그리 큰 액수는 아니었다. 하지만 지금은 여론이 좋지 못했다. 아니, S&H에게 절대적으로 불리한 상황이었다. 그런데도 S&H 측에서는 기어코 위약금을 받아내려 하고 있는 것이다.

"위약금은 어울림 엔터테인먼트에서 지불하는 겁니까?"

다른 기자의 질문에 현우는 한숨과 함께 고개를 저었다.

사실 현우는 위약금을 지불할 생각이 전혀 없었다. 하지만 엘시 스스로가 강력하게 원했다. S&H와의 연결 고리를 완전하게 끊어내겠다는 엘시의 생각을 현우는 존중하고 싶었다.

'그렇게라도 해서 다연 씨의 마음이 편해진다면야 내가 한 발 물러서는 수밖에.'

짧은 시간 현우는 생각을 정리했다.

"아뇨. 다연 씨가 위약금을 지불할 겁니다."

"예?!"

기자들이 깜짝 놀랐다. 엘시야말로 이번 사건의 당사자이자 피해자가 아닌가?

"본인의 의지가 컸습니다. 저로서도 다연 씨의 의견을 존중해 줄 수밖에 없었습니다."

"S&H와의 모든 관계를 깔끔하게 털어버리겠다는 거군요?"

김대성 기자가 영리하게 질문해 왔다. 현우는 고개를 끄덕거렸다.

"네, 기자님 말씀대로입니다."

"향후 계획은 어떻게 되시는지요?"

대답에 앞서 현우는 SUV 쪽을 쳐다보았다. 엘시가 조수석에서 이쪽을 바라보고 있었다. 눈이 마주치자 엘시가 손을 흔들었다. 그러더니 창문에다 대고 입김을 불었다. 창문이 뿌옇게 변해 버렸다.

그러자 손가락으로 열심히 무언가를 썼다.

'싸우지 말아요! 이제 그만~'

창문에 적힌 글귀를 보며 현우는 쓰게 웃었다. 그리고 기자들을 향해 입을 열었다.

"다연 씨의 전속 계약이 해지되는 대로 저희 어울림과 정식 계약을 맺을 생각입니다. 그리고 당분간은 다연 씨의 치료와 휴식에 전념할 계획입니다."

"S&H와의 분쟁은 앞으로 어떻게 전개되는 겁니까?"

현우는 다시 한 번 엘시를 쳐다보았다. 창문으로 '싸우지 말아요! 이제 그만~'이라는 글귀가 아직까지도 선명하게 남아 있었다.

'그래, 이번만 물러서자.'

현우는 마음을 완전히 정리해 버렸다. 가장 큰 복수는 진흙탕 싸움이 아니라 엘시를 보란 듯이 재기시키는 것이라는 판단이 들었다.

"분쟁이라. 더 이상의 분쟁은 없을 겁니다. 굳이 저희 어울림까지 나설 필요가 있을까 싶습니다."

기자들은 현우의 말을 금방 이해했다.

"그럼 오늘 인터뷰는 여기까지 하겠습니다. 감사합니다."

고개를 숙여 인사한 다음 현우는 곧장 SUV로 올라탔다.

"잘하고 오셨어요?"

"네, 뭐 그런 것 같습니다."

"대표님, 잘 참으셨어요. 그리고 우리 앞으로 S&H는 상대하지 말기로 해요."

"그래야죠."

"헤헤, 우리 이제 어디로 가요?"

감정을 많이 추스른 엘시가 물어왔다.

"지유한테 갑시다. 숙소에 남아 있는 짐은 다연 씨 매니저분들이 챙겨준다고 하더군요."

"네, 그럼 지유 보러 가요."

"그럽시다."

현우는 엘시와 함께 마포로 향했다.

*　　　*　　　*

아파트 단지에 들어선 하얀색 SUV가 송지유의 아파트 입구에서 멈추었다.

"지유야, 왜 나와 있어?"

송지유가 마중을 나와 있었다. 현우 뒤에 숨은 엘시는 살짝 고개를 내밀어 송지유를 보고 있었다.

송지유도 엘시를 빤히 쳐다보고 있었다.

'뭐지? 왜 이러는 거지?'

송지유와 엘시 사이에 무언가 이상한 기류가 흐르고 있었다. 괜스레 등 뒤로 식은땀이 흘러내렸다.

　"선배님."

　현우가 무언가 말을 하려는데 송지유가 한발 더 빨랐다. 엘시가 어색하게 웃으며 손을 흔들었다.

　"안녕, 지유야?"

　송지유가 무표정으로 천천히 걸어왔다. 그러더니 현우의 앞에 딱 멈추어 섰다. 현우가 어색하게 웃었다.

　"지유야?"

　"비켜볼래요?"

　"어? 응."

　현우가 슬쩍 자리를 비켜주었다. 엘시가 부끄럽다는 듯 송지유 앞에서 몸을 배배 꼬았다. 송지유가 입고 있던 갈색 스웨터 카디건을 벗어 엘시에게 입혀주었다.

　"요즘 가을 밤공기가 차요."

　"…고마워."

　엘시의 눈동자에 눈물이 그렁그렁했다. 송지유가 현우를 휙 노려보았다.

　"긴팔 하나 입고 있는데 옷 벗어줄 줄도 몰라요?"

　"너? 아니면 다연 씨?"

　현우가 머리를 긁적였다. 이럴 때 보면 송지유는 참 어려운 아이라는 생각이 든다.

"둘 다요! 이 바보 핵 멍청이!"

"핵 멍청이? 김현호우! 모르냐, 호우?"

"몰라요! 핵 멍청이!"

툭탁거리는 현우와 송지유를 보며 엘시가 웃음을 터뜨렸다. 엘시는 살짝 질투도 났다. 엘시가 송지유의 품으로 안겨들었다.

"선배님?"

송지유가 조금은 놀란 얼굴을 했다. 하지만 어느새 송지유의 손이 엘시의 등을 토닥거리고 있었다.

"아~ 송지유 향기 좋다. 라벤더 향기랑 초콜릿 향기도 나고 좋네. 이대로 푹 자고 싶다."

한발 물러나 현우는 흐뭇한 얼굴로 송지유와 엘시를 보고 있었다.

'다행이네. 앞으로 잘 지낼 것 같아.'

한결 마음이 편해졌다. 현우가 호텔이 아닌 송지유에게 엘시를 부탁한 것도 애초에 다 이유가 있었다. 평소 현우에 대한 독점욕이 강한 송지유였다. 현우는 그런 송지유에게 허락을 받고 싶었다.

그런데 송지유가 먼저 나서서 엘시를 따뜻하게 맞아주고 있다.

'역시 갓 지유야. 복덩이 녀석.'

현우는 흐뭇한 미소를 머금었다. 엘시는 아직도 송지유의 품에 안겨 있었다. 상당히 이색적인 광경인지라 현우는 몰래 핸드폰으로 사진을 찍었다.

"꺅!"

별안간 송지유가 비명을 질렀다. 엘시가 송지유의 품에 얼굴을 비비고 있었다.

"선배님, 뭐 하시는 거예요?"

"잠깐 확인 좀 했어. 근데 너……."

"서, 선배님, 얼굴 좀……."

"괜찮아. 잠깐만 가만히 있어봐."

어딘지 모르게 전개가 이상했다. 하지만 현우는 그저 웃기만 했다.

＊　　　＊　　　＊

송지유의 외할머니 김윤희와 동생 송유라가 현우와 엘시를 반갑게 맞아주었다. 백선혜 남매가 잠시 사용하던 방이 그 흔적 그대로 남아 있었다.

"며칠 여기서 마음 편히 지내요. 알았어요?"

"네, 대표님. 그리고 할머님, 감사합니다. 지유 동생분도 고마워요."

엘시가 고맙다며 인사를 했다.

늦은 저녁 식사를 마쳤다. 송지유의 동생 송유라는 엘시의 광팬이었다. 송유라와 대화를 나누던 엘시가 어느새 침대에 누워 잠이 들었다.

"많이 피곤했을 거야. 나도 슬슬 가야겠다."

현우도 자리에서 일어났다. 외할머니 김윤희에게 정중히 인사한 다음 현우는 현관을 나왔다. 송지유가 현우를 따라 나섰다.

"오빠."

차 문을 열려는데 송지유가 현우를 불러 세웠다.

"응. 왜?"

"집으로 가는 거죠?"

"아니, 사무실로 가야지. 남은 일을 좀 처리해야 해."

"힘들지 않아요? 새벽부터 운전했잖아요."

"그래도 할 일은 해야지. 근데 너, 춥겠다."

현우가 정장 재킷을 벗어 송지유의 어깨를 살짝 덮어주었다.

"고맙다. 늘."

"뭐가 늘 고마워요?"

"다연 씨도 잘 받아주고, 뭐……."

"그럼 내가 눈 치켜뜨고 구박이라도 할 줄 알았어요?"

"조금?"

"진짜!"

송지유가 눈을 치켜떴다.

"그래, 그거. 그거 할 줄 알았지."

"휴우, 요즘 장난이 왜 이렇게 심해졌어요?"

"그냥 너랑 이러고 노는 게 요즘 유일한 낙이야. 이해해라."

송지유가 살짝 웃었다.

"맥주는 마시지 말아요. 아니, 하나만 마셔요."

"오케이. 너도 쉬어. 자기 전에 대본 공부하는 것 잊지 말고."

"알았어요."

"간다."

현우는 시동을 걸고 아파트 단지를 빠져나갔다. 송지유가 한참이나 그 모습을 바라보고 있었다.

*　　　*　　　*

[위약금 10억? S&H, 엘시는 그냥 못 데려가!]

[엘시, 스스로 위약금 10억 지급. S&H가 그렇게 싫었나?]

[김현우 대표, 엘시의 안정을 위해 더 이상의 대응은 없다!]

[이유 있는 김현호우! 열풍! 우리 형은 대인배?]

[국민 여론 인식 못 하는 S&H에 대중들은 분통?]

포털 사이트를 장악하고 있는 기사만큼이나 어제 현우와 이장호 회장과의 회동은 많은 논란을 일으키고 있었다.

S&H는 분노하고 있는 대중들에게 집중 포화를 맞고 있다. S&H 본사 건물로 계란과 오물 투척이 연쇄적으로 벌어졌다. 회사로 끝없이 항의성 전화도 밀려왔다.

S&H 소속 연예인들의 SNS나 기사에도 온갖 악플이 달렸다. 'S&H랑 왜 일하세요?' 등 S&H와 재계약을 하지 말라는 댓글에 소속 연예인들은 이러지도 저러지도 못 하고 있었다. 섣불리 대응하거나 SNS를 비공개로 해두었다간 불통이 될 수도 있기 때문이다.

하루 이틀 지나면 성난 여론도 잠잠해질 것이라는 S&H의 예상도 완전히 빗나갔다. 광고 불매 운동이 시작되었다. 방송국 게시판에도 S&H 출신 연예인들이 출연하는 프로그램은 보지 않을 것이라는 글이 도배가 될 정도였다.

결국 몇몇 회사가 S&H 출신 연예인과 광고 재계약을 하지 않겠다고 백기를 들었고, 대중들은 환호했다.

"10억 가져가 놓고 몇 배는 더 손해 보고 있는데? 이장호 회장이 대체 왜 그랬을까? 그 사람, 바보 아니잖아."

손태명이 성난 불길처럼 번지는 대중들의 분노를 확인하며 혀를 내둘렀다. 현우는 한결 마음이 편해진 상태였다. 엘시의 말이 옳았다. 그녀의 말대로 현우는 화를 억눌렀다. 대신 대중이 S&H에게 벌을 주고 있었다.

"이건 뭐냐?"

현우는 송지유의 팬카페 SONG ME YOU의 게시 글을 하나 클릭했다.

2000년대 중반 개봉한 명작 영화를 패러디한 게시 글이었다. 영화의 한 장면이 펼쳐졌다. 검은색 양복을 입은 남자 주인공의 얼굴에 현우의 얼굴이 합성되어 있었다.

사람이 죄를 지었으면 벌을 받는 게 세상 이치야. 알아들었냐? 지금부터 내가 벌을 줄 테니까 달게 받아라. 내가 더 슬프게 해줄게. 다연 씨, 다연 씨는 나가 있어. 나가 뒤지기 싫으면.

명대사와 함께 영화 주인공이 깡패들을 두들겨 패기 시작했다. 그중 어느 깡패의 얼굴에 이장호 회장의 얼굴이 합성되어 있었다.

―김태식ㅋㅋㅋㅋㅋㅋㅋㅋㅋㅋㅋㅋ

—이장호: 나다, 이 개새끼야! 내가 그동안 울면서 후회하고 다 짐했는데 꼭 그래야 했냐? 꼭 그렇게 다 가져야만 속이 후련했냐?

—ㅋㅋㅋㅋㅋㅋㅋㅋ 이장호에서 뿜었다

—다 가져가기는 했지. ㅋㅋ

—김태식이 돌아왔다!

—아니, 우리 현우 대표님 별명이 대체 몇 개예요? ㅋㅋ

—김태식ㅇㅈㅋㅋ

—이거 만든 사람 누구냐? ㅋㅋ

"하하하! 이제는 김현호우도 모자라 김태식이냐?"

손태명이 배를 잡고 박장대소했다. 황당했지만 현우도 그냥 크게 웃었다. 송지유의 팬카페에서부터 시작된 이 게시 글은 빠르게 다른 커뮤니티로 퍼져 나갔다. 결국 기사까지 떴다.

[김현호우에 이은 김태식? 김현우 열풍!]

[나가 있어, 뒤지기 싫으면! 김현우 대표의 박력!]

기사 댓글마다 '김현호우!'와 '호우!'도 모자라 '김태식'이라는 댓글이 도배가 되고 있었다.

"이참에 개명이나 해. 김태식 좋네. 이름 바꾸면 누구든 우리 어울림 함부로 못 대할 거 같아."

"조용히 해. 하아, 이거 웃어야 되나?"

어째 이번 엘시와의 일을 통해 현우의 인기가 하늘을 치솟고 있었다. 현우는 머리를 긁적였다.

그리고 그날 오후 S&H에서 결국 항복 선언을 했다. 이장호 회장이 위약금 10억을 없던 일로 하겠다고 공식 입장을 밝혔다. 어울림, 아니, 대중의 승리였다.

*   *   *

딸랑딸랑.

가게 문이 열리는 소리에 김정우가 일손을 잠시 멈추었다.

"수연아, 손님 왔니?"

"응! 손님 왔더요, 아빠!"

"후우!"

김정우는 프라이팬을 내려놓고 길게 한숨을 내쉬었다. 마음 한쪽이 공허했다. 엘시의 빈자리는 생각보다 컸다. 아내 최미선은 가을 감기에 걸려 고생하고 있고, 딸아이 수연이는 밤마다 잠꼬대처럼 엘시를 찾았다.

김정우의 시선이 주방 한쪽 벽으로 향했다. 포스트잇에 아기자기한 글씨로 여러 요리의 레시피가 적혀 있었다.

'내가 더 요리 잘하니까 얼른 익혀서 오빠 도와줄게요. 알았죠?'

호언장담하던 엘시의 모습이 아직도 선명했다. 문득 나무 도마에 놓여 있는 칼이 보였다. 손잡이에 날짜와 함께 엘시의 사인이 적혀 있다.

"아빠! 아빠!"

딸아이가 김정우의 다리에 착 감겨왔다.

"어, 응?"

"손님이 돈가스 하나 주문했더요!"

"그래? 얼른 해야겠다. 마침 오픈 시간도 된 거 같고."

김정우는 조용히 돈가스를 튀겼다.

'잘 지내겠지? 김현우 대표가 있으니까.'

기사를 통해 엘시의 상황은 이미 다 알고 있었다. 어울림에서는 전속 계약 소식과 함께 엘시의 집중 치료와 충분한 휴식을 약속했다.

어느새 돈가스가 다 튀겨졌다. 김정우는 조심조심 엘시가 사다 준 그릇에 돈가스와 밥, 샐러드를 담았다.

"수연이가 갖다줄래?"

"웅!"

김수연이 쪼르르 홀 쪽으로 향했다. 김정우는 힘없이 의자로 앉았다. 그런데 얼마 안 가 딸아이가 커튼 사이로 고개를 내밀었다.

"아빠, 손님이 돈가스에 피클이 빠졌다고 빨리 달래요!"

"아!"

상념에 젖어 실수를 한 모양이다. 김정우는 얼른 그릇에 피클을 담아 홀로 나갔다. 그리고 손님을 확인한 순간 그대로 굳어버렸다.

엘시가 손가락으로 브이를 그리며 헤헤 웃고 있었다.

"너? 너?"

"누가 보면 빚쟁이인 줄 알겠네. 왜 그렇게 놀라요? 그리고 피클은 왜 안 줘요? 내가 여기서 알바를 해봤기에 망정이지 하마터면 피클도 못 먹을 뻔했잖아요. 에휴."

"대체 어떻게 온 거야?"

김수연이 엘시의 품에 안겼다.

"언니 여기서 알바할 거래요, 아빠."

"알바? 너 제정신이야? 왜 또 여길 왔어? 김현우 대표님한테 연락은 했어?"

김정우는 진심으로 엘시를 걱정했다. 치료를 받고 있어야 할 아이가 강원도 시골에 다시 나타났다.

"허락받았어요. 아니, 허락도 아니지. 대표님이 내가 하고 싶은 건 다 하래요. 병원에서도 한 달에 세 번만 치료받으면

된다고 했어요. 의사 선생님이 심신이 안정될 만한 충분한 휴식을 강조하셨는데, 생각해 보니까 여기가 제일 좋을 것 같았어요. 당분간 여기서 지낼게요. 거절은 거절한다. 설명 끝."

"하!"

김정우는 어리둥절했다. 그런데 자꾸만 웃음이 나오려 했다. 공허하던 마음 한구석이 무언가로 충만해졌다.

그때였다.

딸랑딸랑.

가게 문이 열리고 인근 공사 현장의 인부들이 나타났다. 머리가 희끗한 작업반장이 엘시를 반겼다.

"아이고! 노래 잘 부르는 처자, 어디 갔다 온 겨?"

"잠깐 서울 좀 다녀왔어요. 식사하실 거죠?"

"그럼, 당연히 해야지. 허허."

"잠시만요!"

엘시는 얼른 주방으로 뛰어가 앞치마를 둘렀다.

"자, 그럼 주문 받겠습니다! 노래 서비스 나가니까 얼른얼른 주문해 주세요!"

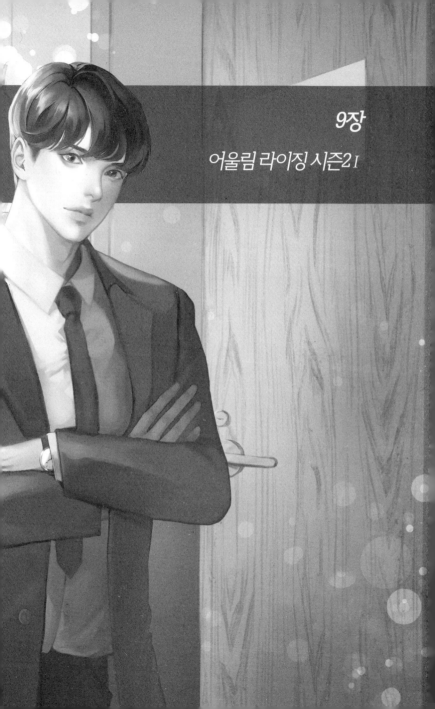

9장

어울림 라이징 시즌2 I

i2i의 인기가 하늘을 찌르고 있었다. 공중파 3사는 물론 음악 케이블 N.NET에서까지 2주 연속 1위를 차지하는 기염을 토해내었다. 그리고 타이틀곡 '소녀K 매직'이 음원 차트 1위 자리를 굳건하게 지키고 있었다. 더블 타이틀곡인 '소녀는 무대 위에' 역시 송지유의 마무리 앨범 '가을이라서'에 이어 3위를 지키고 있었다.

[i2i 국민 아이돌 등극! i2i 열풍!]
[온 국민이 팬덤! i2i, 상승세 어디까지?]

[어울림 엔터테인먼트, 송지유에 이어 i2i마저 성공!]

포털 사이트마다 기사가 쏟아졌다. 센터 이솔과 고양이 소녀들을 중심으로 멤버 개개인들의 일거수일투족이 주요 커뮤니티마다 사진이나 짤로 돌아다니며 연일 화제를 모았다.

"이 기세면 걸즈파워를 뛰어넘는 건 시간문제겠어."

오승석이 흡족한 얼굴을 했다. 첫 프로듀싱을 담당한 i2i가 잘나가도 너무 잘나가고 있었다. 현우가 오승석의 어깨에 팔을 걸쳤다.

"기분이 어때? 이제 밥값 좀 하는 거 같아?"

"밥값을 하다 못해 반찬값까지 하고 있잖아. 승석이."

손태명이 오승석 대신 빙그레 웃으며 대답했다.

"일본 쪽에서도 반응 좋잖아요, 형님들."

최영진도 싱글벙글하며 말을 보탰다.

그랬다. 후지 TV를 통해 심야 시간대에 방송되었던 '프로듀스 아이돌 121'을 통해 i2i 멤버들을 접한 일본 팬들의 숫자가 제법 많았다. 그리고 그 일본 팬들이 조직적으로 활동하며 점점 일본 내 팬이 늘어나고 있는 추세였다.

그리고 내일 저녁 6시, 후지 TV의 연예 뉴스 프로그램 '탑을 향해!'에서 i2i 멤버들이 대대적으로 소개될 예정이다.

'내일이 분수령이나 마찬가지야.'

현우는 차분히 숨을 들이마셨다. i2i의 국내 가요계 정복은 어느 정도 예상하고 있었다. 하지만 일본 가요계는 만만한 곳이 아니었다. 뷰티와 걸즈파워가 성공적으로 안착했지만 그 이면에는 엄청난 투자와 노력이 존재했다.

다스케 쿠로라는 천군만마가 존재했지만 일본 대중들이 i2i 에게 관심을 보이지 않는다면 그걸로 끝이었다.

*   *   *

연습복 차림의 i2i 멤버들이 연습실로 하나둘 들어섰다.

"오늘도 고생 많았다. 스케줄 힘든 거 없었지?"

현우가 빙그레 웃으며 멤버들을 반겨주었다. 무대를 향한 멤버들의 열정은 뜨거웠다. 팬들을 직접 만나는 것이 행복하다며 각종 행사 무대를 자처하며 스케줄을 소화하고 있었다. 그 덕분에 돈을 쓸어 담고 있는 실정이다.

"대표님~"

이솔이 쪼르르 달려와 현우의 팔에 쏙 안겼다.

"다 큰 아가씨가 이러면 사람들이 흉본다."

"흉 안 보는데?"

현우가 조심조심 이솔을 떼어내었다. 현우는 멤버들을 찬찬히 살펴보았다. 고난이도의 안무를 소화하면서 다친 곳은 없는지 확인하는 것이다.

"유지, 또 넘어졌구나?"

전유지의 다리에 반창고 하나가 붙어 있었다. 현우가 최영진을 쳐다보았다.

"병원은 다녀왔어?"

"살짝 까진 거라 제가 소독하고 약 발라줬습니다, 형님."

"그래? 다행이네. 근데 얘들아, 너희들 피곤하지 않아? 행사 계속 다닐 거야?"

현우는 아이들이 걱정스러웠다. 가만히 서서 노래를 부르는 것도 아니고 춤까지 춰야 한다. 그것도 릴리가 작정하고 만들어낸 고난이도 안무였다.

"괜찮습니다! 남는 건 체력밖에 없잖아요!"

"하나랑 지수 너는 타고났으니까 걱정이 없지. 근데 유지나 세희가 걱정이다. 지연이도 걱정이고."

멤버가 13명인 만큼 멤버마다 컨디션 조절을 하는 것도 영 까다로웠다. 전유지나 김세희는 다른 멤버들에 비해 체력이 약했다. 상위 클래스인 고양이 소녀들의 유지연도 체력이 썩 강하지 못했다.

결국 특단의 조치를 내리기로 했다.

"영진아, 내일부터 행사 스케줄 3분의 1 정도 줄여. 태명이한테는 내가 말해놓을게."

"네, 형님. 저도 그러는 게 좋을 것 같습니다. 내심 걱정하고 있었거든요."

반색하는 최영진과 달리 멤버들은 서운한 얼굴을 했다.

"이게 지금 무슨 상황인 거야? 내가 잘못 본 건가? 기획사 대표는 일을 줄이려고 하고 소속 아이들은 일 줄어드는 걸 아쉬워하고 있네?"

블루마운틴이 어이없다는 얼굴을 했다.

"왔냐?"

"당연히 와야지. 내가 만든 내 새끼들인데."

블루마운틴이 씩 웃었다.

"안녕하세요, 선생님?"

멤버들이 일제히 꾸벅 고개를 숙였다. 블루마운틴이 휘휘 손을 내저었다.

"선생님 말고 삼촌이라고 하면 좋겠는데. 승석이처럼."

"네, 삼촌!"

"엎드려 절 받기 좋냐?"

현우가 피식 웃었다. 때마침 지하 연습실로 치킨 배달원이 나타났다.

"우와! 치킨이다!"

멤버들이 우레와 같은 함성을 내질렀다. 치킨 배달원이 그 자리에서 얼어붙었다.

"치, 치킨 배달 왔습니다."

"수고했어요. 계산은 카드로 하겠습니다."

현우가 카드를 건넸다. 치킨 배달원이 손을 덜덜 떨며 카드를 그었다. 최영진을 도와 멤버들이 치킨 박스를 바닥으로 쫙 깔았다.

"저분은 안 가시나 봐요?"

김수정이 고개를 갸웃했다. 치킨 배달원이 그냥 그 자리에 서서 멀뚱히 멤버들을 보고 있었다.

"저기… 무슨 일 있으세요?"

김수정이 치킨 배달원에게 물었다. 치킨 배달원이 멍한 얼굴을 하다 얼굴을 붉혔다.

"사, 사인 좀 해주세요. 사, 사진도 좀……."

"아! 저희 팬이세요?"

"네, 그렇습니다! 귀신 잡는 해병대 출신 김철용입니다! 전역한 지 열흘 됐습니다! 군대에서부터 i2i 여러분 팬이었습니다! 필승!"

갑자기 치킨 배달원 김철용이 각을 잡았다. 그러고 보니 머리카락도 짧았다. 김수정이 생긋 웃었다.

"국민 프로듀서님이셨구나."

"투표 누구한테 했어요, 오빠?"

"오, 오빠요?!"

배하나의 친근함에 김철용이 어쩔 줄을 몰라 했다.

"나야, 나!"

이지수까지 끼어들었다.

결국 현우가 나섰다.

"팬을 곤란하게 만들면 되겠어? 비밀 투표 원칙 몰라?"

"궁금하잖아요. 근데 대표님은 누구 뽑으셨어요? 당연히 솔이죠? 솔이랑 수정이. 안 봐도 비디오다."

배하나가 입을 삐죽였다. 현우가 김철용을 향해 쓰게 웃어 보였다.

"우리 애들이 장난이 좀 심합니다. 많이 놀랐죠?"

"아닙니다, 대표님! 필승!"

현우가 하하 웃었다. 뭐랄까, 특이한 사람 같았다.

"얘들아, 이분께 사인해 드려. 솔이는 사진 좀 찍어드리고."

"헉!"

김철용이 헛바람을 들이켰다.

"어, 어떻게?"

"아까부터 솔이만 보고 있던데요?"

"그, 그렇습니까?"

현우가 피식 웃기만 했다. 멤버들이 김철용에게 사인을 해 주었다. 그리고 이솔뿐만 아니라 다른 멤버들도 사진을 찍어 주었다.

"자자, 오늘은 마음껏 먹자."

"네!"

멤버들은 정말로 좋아했다. 최영진이 지하 연습실로 노트북을 가지고 왔다. 그리고 후지 TV 홈페이지에 접속했다.

저녁 6시가 되자 후지 TV의 20년차 인기 연예 뉴스 프로그램 '탑을 향해!'가 방송되기 시작했다.

스튜디오로 남자 아나운서와 여자 아나운서 두 명이 나와 일본 연예계의 주요 핫 이슈들을 소개했다.

현우는 멤버들과 함께 치킨을 뜯으며 노트북에서 시선을 떼지 않았다. 방송이 중반부에 접어들었을 무렵, 갑자기 스튜디오 내에서 환호성이 들려왔다.

"쿠로 아저씨다!"

"아저씨! 보고 싶어요!"

고양이 소녀들이 다스케 쿠로를 가장 격하게 반겼다.

"다스케 쿠로 씨, 안녕하세요! 저희 '탑을 향해!'에 무슨 일로 나오셨는지요?"

"하하, 오늘은 제가 요즘 푹 빠져 있는, 아, 더 설명할 것도 없군요. 거의 다 아시는 사실이니까요. 하하하!"

다스케 쿠로가 크게 웃었다. 아나운서들도 마찬가지였다.

말끔한 정장 차림의 다스케 쿠로가 넥타이를 바로 했다.

"음, 제가 정식으로 일본의 많은 시청자분들에게 i2i 멤버 여러분을 소개해 볼까 합니다."

"i2i라면 요즘 한국에서 선풍적인 인기를 끌고 있는 아이돌 그룹을 말씀하시는 거죠, 다스케 쿠로 씨?"

"예, 그렇습니다. 후지 TV를 애청하시는 시청자라면 이미 i2i를 알고 계시는 분도 많을 겁니다."

"그렇습니다. 얼마 전 '프로듀스 아이돌 121'을 저희 후지 TV 에서 방영한 적이 있지요. 다스케 쿠로 씨와 겐겐즈 여러분의 방송에서도 고양이 소녀들을 소개한 적이 있습니다."

여자 아나운서가 설명을 곁들였다.

"저는 좀 헷갈려서 말입니다. 쿠로 씨가 팬이라는 고양이 소녀들과 i2i는 다른 그룹입니까? 아니면 정식 데뷔 명칭이 i2i 라는 겁니까?"

남자 아나운서의 말에 다스케 쿠로가 살짝 웃었다.

"자자, 여기서 이러실 거 없이 직접 영상을 보실까요?"

다른 여자 아나운서가 스튜디오 뒤쪽에 있는 커다란 화면 을 가리켰다. 그리고 화면이 VCR 영상으로 전환되었다.

"와! 우리 나온다!"

치킨을 먹고 있던 멤버들이 바닥에 앉은 채로 방방 뛰었다.

일본 특유의 과장되고 비장함이 넘치는 사운드와 자막이 영상과 함께 흘러나왔다.

멤버들은 잔뜩 신이 나 있었지만 현우와 관계자들은 그러지 못했다. 이 VCR 영상에 따라서 추후 일본 활동과 관련해 많은 영향을 받을 수 있었다.

영상은 확실히 후지 TV에서 신경 쓴 티가 역력하게 났다. 다스케 쿠로와 고양이 소녀들과의 우연한 첫 만남부터 시작해 소극장 공연에서의 일화, 그리고 프아돌에서 벌어진 중요 이야기들이 훌륭히 편집되어 소개되었다.

또한 한국에서의 i2i 신드롬까지 소개되었고, 13명이나 되는 멤버들의 티저 영상도 공개되었다. 스튜디오에 모인 관객들이 감탄사들을 내뱉었다.

멤버별 티저 영상이 끝나고 다시 티저 영상이 흘러나왔다.

센터 이솔 부분에서 화면이 멈추었다. 이솔의 모습이 화면에 걸렸다.

"그럼 다스케 쿠로 씨가 적어주신 대로 제가 소개를 해보겠습니다."

여자 아나운서가 목을 가다듬었다. 그리고 이솔의 모습이 떠올라 있는 화면을 가리키며 입을 열었다.

"i2i의 이솔 양입니다. 소속은 어울림 엔터테인먼트로 다섯

명의 고양이 소녀 중 한 명입니다. 오사카 출신으로 부모님 중 아버지가 한국 분이라고 하네요. 일본 이름은 미라이시 소에. 나이는 방년 열여섯 살, 한국 나이로는 열일곱 살입니다. 한국에서는 이름과 거북이를 합친 솔부기라는 별명을 가지고 있습니다. 뛰어난 춤 실력과 보컬 실력을 가지고 있어 갓 부기라고도 부른다고 하네요. 그리고 앞서 영상을 보신 것처럼 무대 공포증이라는 트라우마를 극복해 낸 당찬 소녀이기도 합니다."

남자 아나운서가 예쁘다, 귀엽다며 연신 호들갑을 떨었다.

화면으로 티저 영상과 함께 김수정이 나타났다.

"두 번째로 소개해 드릴 멤버는 고양이 소녀들과 i2i의 리더인 김수정 양입니다. 서울 출신에 보컬 포지션이며 나이는 열일곱 살, 한국 나이로는 열여덟 살이라고 할 수 있겠죠? 보시다시피 하얗고 동그란 얼굴에 큼직한 눈동자를 가지고 있습니다. 쌍 보조개가 아주 인상적이죠? 리더인 수정 양은 평소 행실이 아주 어른스럽고 차분해서 멤버들을 잘 돌본다고 하네요. 아, 일본 팬 사이에서도 인기가 아주 많다고 합니다."

박수가 쏟아졌다. 그리고 세 번째로 유지연이 소개되었다.

"이번에 소개할 멤버 역시 고양이 소녀 출신의 i2i 멤버입니다. 이름은 유지연. 서울 출신. 나이는 열일곱 살, 한국 나이로는 열여덟 살. 리더인 김수정 양과 친자매로 오해를 받을 정도로 비슷한 면이 많다고 하네요. 신비한 분위기가 느껴지는 외모와 함께 그룹에서 2인자 역할을 맡고 있다고 합니다. 군기 반장이라 생각하면 될까요? 말수가 적은 편이지만 강단이 있는 당찬 성격이라고 하네요. 쌍 보조개가 있는 수정 양과 다르게 오른쪽 볼에만 보조개가 있다고 일본 내 팬 여러분이 정보를 주셨습니다. 포지션은 보컬입니다."

이번에는 이지수의 티저 영상과 사진이 떠올랐다. 스튜디오에 있는 여성들이 멋있다며 난리가 났다.

"반응이 확실히 좋네요. 일본 여성들이 가장 좋아할 만한 스타일이죠? 호리호리한 체구에 길고 얇은 팔다리, 그리고 작은 얼굴. 네, 한국 제2의 도시인 부산 출신 이지수 양입니다. 한국 나이로는 열여덟 살, 일본 나이로는 열일곱 살의 이지수 양은 고양이 소녀들 출신으로 i2i에서 춤신 춤왕을 맡고 있다고 하네요. 쾌활하고 장난기 많은 성격에 유머 센스가 좋다고 합니다. 포지션은 댄스, 그리고 랩이라고 하네요. 다음에 소개해 드릴 배하나 양과는 만담 듀오로 불린다고 합니다."

곧바로 배하나의 티저 영상이 흘러나왔다. 남자 아나운서가 안경까지 고쳐 쓰며 집중했다.

"방금 엄청 좋아하셨죠?"

"남자라면 당연한 거 아닙니까?"

남자 아나운서의 말에 스튜디오가 웃음으로 가득 찼다.

"자, 그럼 배하냐 양을 소개해 볼까요? 고양이 소녀 출신 배하나 양은 전주 출신으로 한국 나이로는 열여덟 살, 일본 나이로는 열일곱 살입니다. 포지션은 비주얼이라고 하네요. 확실히 이해가 가죠? 성숙하고 아름다운 외모와 다르게 멤버들사이에서는 얼굴 바보라 불리며 보호의 대상으로 취급받고 있다고 합니다. 나이스 바디와 다르게 엄청난 식성을 자랑하며 가장 좋아하는 음식은 양념치킨이라는 한국 음식이라고 합니다. 한국에서는 남성 팬이 가장 많은 멤버라고 합니다."

i2i 멤버들은 먹던 치킨까지 내려놓은 채 노트북에서 눈을 떼지를 못하고 있었다.

'후지 TV에서 생각보다 푸쉬를 강하게 해주는데?'

현우는 만족스러웠다. 후지 TV에서 30분이 훌쩍 넘는 시간을 i2i에 할애하고 있었다. 고양이 소녀들뿐만 아니라 다른 멤버들까지 소개되었다.

"자, i2i 멤버 여러분을 모두 소개해 드렸습니다! 그럼 쿠로 씨, 마지막으로 쿠로 씨가 준비한 선물이 있다고 하셨죠?"

"네, 그렇습니다. i2i 여러분의 뮤직비디오를 시청자 여러분께 보여 드리겠습니다. 어울림 엔터테인먼트의 김현우 대표님께서 친히 일본어 자막 버전을 제작해 주셨습니다."

"그럼 보여주세요!"

여자 아나운서의 멘트를 끝으로 '소녀K 매직'과 '소녀는 무대 위에'의 일본 자막 버전 뮤직비디오가 연달아 방송되었다.

뮤직비디오가 나가는 내내 멤버들은 기쁨의 환호성을 질렀다. 그리고 후지 TV의 '탑을 향해!'가 그대로 끝이 났다.

"엔딩으로 우리 아이들 뮤비 틀어준 거였어?"

블루마운틴이 크게 놀랐다. 아직 일본에 정식 데뷔를 하지 않은 i2i였다. 파격적인 구성이라 할 수 있었다.

"쿠로 씨가 힘을 써주셨을 거야. 그러니까 그렇게 놀라지 마라."

"다스케 쿠로라면 그럴 만한 힘이 있긴 하지."

"문제는 일본 팬들이 아니라 일본 대중들의 반응이야. 대대적으로 소개를 해주는 것까지는 좋았지만 역효과가 나지는 않을까 걱정이다."

"설마 그럴까요, 형님?"

최영진도 현우를 따라 긴장했다. 한류가 절정에서 내려오고 있는 상황이었다. '반한류' 기류도 이때쯤에서 스멀스멀 피어오르고 있는 실정이었다.

"일단 수호한테 연락해 볼게."

현우는 일본에 있는 박수호에게 전화를 걸기로 했다. 대학을 다니는 중에도 박수호는 현우의 부탁을 받아 일본 내 고양이 소녀들의 팬들과 지속적으로 교류를 이어가고 있었다. 어떻게 보면 어울림 소속 일본 통신원이나 마찬가지였다.

"수호야, 형이다."

─네, 형님. 저도 방금 전에 후지 TV 봤습니다! 정말 깜짝 놀랐어요! 쿠로 씨가 출연한다는 건 연락을 받아서 알고 있었는데, 이렇게까지 분량을 많이 줄 줄은 몰랐어요! 형님도 모르셨죠?

박수호는 잔뜩 흥분해 있었다.

"어떨 것 같아?"

─아, 음, 일단 형님, 제가 지금 일본 커뮤니티 돌아다니면서 반응을 살펴보고 있거든요? 번역까지 해서 메일 보내려면 한 여섯 시간 정도 걸릴 거예요.

"그래?"

─걱정하지 마세요. 반응이 나쁠 리가 없어요.

"오케이. 알았다. 여섯 시간이라고 했지?"

─아, 또 돈 주시려고요? 형님, 괜찮습니다. 저번에도 용돈이라면서 너무 많이 주셨잖아요. 그 돈 아직도 많이 남아 있어요.

"내년에 등록금 낼 생각 해야지. 형이 줄 때 받아라. 나중에 후회하지 말고."

—예, 감사합니다, 형님! 조금만 기다리세요!

"그래, 고생해라."

전화를 끊은 다음 현우는 i2i 멤버들로 시선을 옮겼다. 방방 뛰고 있던 아이들이 어느새 차분해져 있었다.

"대표님, 일본에서 반응 나쁘면 어떻게 해요?"

막내 전유지가 물어왔다. 현우는 어깨를 으쓱했다.

"그럴 일은 없겠지만 뭐, 나쁘면 나쁜 대로 우리나라에서 활동하면 되는 거지. 그러니까 너무 걱정들 하지 마. 수호한테 연락 오면 단톡방에 바로바로 올려줄 테니까."

*   *   *

불 꺼진 사무실에 혼자 남아 현우는 캔 맥주를 마시고 있었다. 현재 시각 밤 10시 23분. 몇 시간 전 조금만 더 기다려 달라는 메시지를 보낸 이후 박수호로부터는 아직도 연락이 없었다.

적적한 마음에 현우는 전화를 걸었다.

—네.

"자고 있었어?"

—대본 읽는 중이었어요. 어디에요?

"사무실."

―아직도 퇴근 안 했어요?

"수호한테 아직 연락이 없어서 말이야. 일본 쪽 반응이 궁금해서 어차피 집에 가도 제대로 쉬지도 못할걸."

―혼자 맥주 마시고 있죠? 솔이가 만들어준 당근 쿠키 꺼내놓고.

"귀신이네. 어떻게 알았어?"

―다 아는 방법이 있어요. 심심하면 내가 그리로 갈까요?

"피곤하지 않아?"

―뭐가 피곤해요. 1집 활동도 끝나고 요즘 운동하는 거 아니면 대본만 읽고 있는데.

"그럼 택시 타고 놀러 와."

―알았어요. 저녁은요?

"대충 백반 가게 가서 먹긴 했는데 좀 출출하네."

순간 현우는 아차 싶었다.

―유부초밥 만들어서 갈게요. 금방 갈 테니까 기다려요.

당황스러웠다. 아직도 홍삼 절편이 들어간 유부초밥의 그 뒷맛이 생생했다.

"유, 유부초밥?"

―싫어요?

"아니, 싫은 건 아닌데… 그 홍삼 절편 아직 남아 있나?"

―유라가 다 먹었어요.

순간 현우의 얼굴이 환해졌다.

"그래, 그럼 유부초밥만 만들어서 와."

―응. 끊어요.

현우는 그사이 인터넷 기사를 살펴보았다.

아직도 인터넷에서는 김현호우니 김태식이니 하는 짤들이 돌아다니고 있었다. 엘시의 실종으로 소란스럽던 분위기도 해 피엔딩을 맞이한 상태였다.

'이제 영화 촬영만 잘 넘어가면 될 것 같은데 말이야.'

영화 촬영이 끝나도 할 일은 많았다.

현우는 손태명과 함께 만든 서류를 슬쩍 살펴보았다.

'어울림 제1차 신입 사원 공개 채용'

서류의 첫 장에 적힌 제목이었다.

『내 손끝의 탑스타』 7권에 계속…

초대형 24시 만화방

신간 100%, 샤워실, 흡연실, 수면실(침대석), 커플석, 세탁기 완비

■ 광명 광명사거리역점 ■

경기도 광명시 오리로 986 광명사거리역 6번 출구 앞 5층
02) 2625-9940 (솔목타워 5층)

■ 강북 노원역점 ■

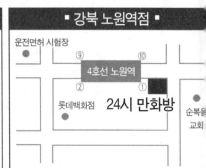

서울 노원구 상계동 340-6 노원역 1번 출구 앞 3층
02) 951-8324 (화용빌딩 3층)

■ 일산 정발산역점 ■

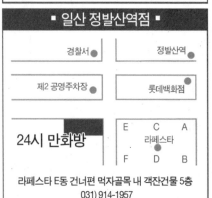

라페스타 E동 건너편 먹자골목 내 객잔건물 5층
031) 914-1957

■ 일산 화정역점 ■

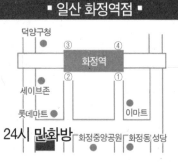

경기도 고양시 덕양구 화정동 984번지 서일빌딩 7층
031) 979-4874 (서일사우나 건물 7층)

■ 부천 역곡역점 ■

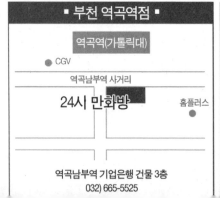

역곡남부역 기업은행 건물 3층
032) 665-5525

■ 부평역점 ■

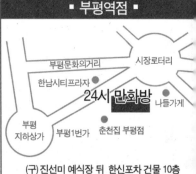

(구) 진선미 예식장 뒤 한신포차 건물 10층
032) 522-2871

FUSION FANTASTIC STORY

박선우 장편소설

스크린의 별

비호감을 불러일으킬 정도로 못생긴 외모를 가진 강우진.

우연히 유전자 성형 임상 실험자 모집 전단지를
발견한 그는 마지막 희망을 걸고
DNA를 조작하는 주사를 맞게 되는데…….

과거의 못생겼던 강우진은 잊어라!

**세상에서 가장 아름다운 사나이.
그가 만들어가는 영화 같은 세상이 펼쳐진다!**

Book Publishing CHUNGEORAM

A FUSION FANTASTIC STORY

요람 장편소설

천 번의
환생 끝에

환생자(幻生自).
999번의 환생 후, 천 번째 환생.
그에게 생마다 찾아오는 시대의 명령!

「아이처럼 살아라」
「아이답지 않게, 살아라」

이번 생의 시대의 명령은 한 번으로
끝날 것 같진 않은데?

"최악의 명령이군."

종잡을 수 없는 시대의 명령 속에
세상이 그를 주목하기 시작한다!

Book Publishing CHUNGEORAM

FUSION FANTASTIC STORY 류승현 장편소설

리턴마스터

2041년, 인류는 귀환자에 의해 멸망했다.

최후의 인류 저항군인 문주한.
그는 인류를 구하고 모든 것을 다시 되돌리기 위하여
회귀의 반지를 이용해 20년 전으로 돌아갔다. 하지만……

"어째서 다른 인간의 몸으로 돌아온 거지?"

그가 회귀한 곳은 20년 전의 자신도, 지구도 아니었다!

**다른 이의 몸으로 판타지 차원에
떨어져 버린 문주한.
그는 과연 인류를 구원할 수 있을 것인가!**

Book Publishing CHUNGEORAM

유행이 아닌 자유추구 -
WWW.chungeoram.com